二匹《にひき》の野獣《やじゅう》とオメガの花嫁《はなよめ》

西野 花
HANA NISHINO

イラスト
國沢 智
TOMO KUNISAWA

Lovers Label

CONTENTS

漂《ただよ》ってきたフェロモンの香りに狐ヶ崎那桜《こがさきなお》は振り返って廊下《ろうか》の向こうを見た。

（ああ――――、あの人達だ）

那桜は清掃《せいそう》の仕事でいくつかのビルを回っているが、この現場に来ると時々見かける人達がいる。

那桜が今いるのは都心の大きなビルで、その中の一画を占《し》めるスポーツジムや、健康器具を扱《あつか》う企業を経営している二人の男だった。度々メディアにも登場する彼らは共同経営者で、よく一緒にいるところを見かける。そして彼らは、このビルで働く女性達の憧《あこが》れの的であり、同性からも羨望《せんぼう》と嫉妬《しっと》の視線を受けていた。

（やっぱり獣人《じゅうじん》だけあってフェロモンが強いな。ここまで香ってくる）

那桜の体質では、彼らが発するものを感じ取ると、少々胸が苦しくなってしまう。これ以上近づくのは危険だった。

そっと胸元を押さえ、那桜は、談笑《だんしょう》しながらロビーのエスカレーターを降りて外へ出て行く二人の男を見送るのだった。

社会に獣人と呼ばれる者達が混ざり始めたのは戦後あたりからだった。人間同士の争《あらそ》いには傍観《ぼうかん》を決め込み、ひっそりと山里などに隠《かく》れていた彼らだったが、社会の混乱と圧倒的な人材不足により表舞台に出てくることを余儀《よぎ》なくされる。彼らは知能においては人間と何ら変わりがなく、身体面においてはむしろ人間を上回っていた。そして数十年をかけて獣人達は人間社会に溶《と》け込み、多少の軋轢《あつれき》はあれど共生できるまでになっていた。

また、この世界には男女の性別の他に、アルファ、ベータ、オメガという性種が存在する。

アルファは心身共に能力が高く、容姿に優れ、人を従わせるフェロモンを持っている。割合的に数が少なく、社会的に成功している者が多い。

ベータは最も数が多く、大多数の者がこれに当てはまる。平均的な者達だ。

そしてオメガは一番稀少《きしょう》な存在であり、アルファよりも少ない。容姿に優れているのはアルファ同様だが、どちらかといえば相手を煽《あお》るような色香を持つ者が多い。そしてフェロモンを持つのもアルファ同様だが、そのフェロモンはアルファを狂《くる》わせ、否応なしに襲《おそ》わせてしまう。アルファにとってオメガは危険な存在とも言えた。そしてオメガは発情期を持ち、男女にかかわらず子を孕《はら》むことができる。

獣人と人間とを比べた場合、獣人のほうがフェロモンが濃い。それゆえに人間社会にいる獣人はより厳格《げんかく》なフェロモン管理を求められた。本来、自然に任せた生き方を好む獣人としては不本意だと感じる者は多かったが、人間と共生している以上は致し方ない。獣人のアルファはただでさえセックスアピールが強いのだ。

また、獣人の中にも当然オメガは存在する。その中でも、狐《きつね》のオメガは特に多淫と言われていた。

狐ヶ崎那桜は、まさにその狐のオメガだった。

「ただいま」

那桜は仕事を終えて家に帰り、玄関を開けた。すると中から楽しげな声が聞こえてくる。

「ねえ、見てこの時計。彼に買ってもらったの」

「すごいな。いいものじゃないか」

「隆《たかし》さんは本当に優しいわねえ」

「でしょう？　アルファの人ってすごいわよね」

リビングへと続くドアを開けると、ソファで両親と姉が談笑していた。とは言え、那桜と彼らには血の繋《つな》がりがない。那桜の両親は七年前に事故《じこ》で亡《な》くなり、親戚《しんせき》の家に引き取られた。

彼らは狐ヶ崎の親戚筋《しんせきすじ》ではあるが獣人ではなく人間である。名字も白沢《しらさわ》といい、那桜とは別だ。法律により獣人と人間が結婚《けっこん》した場合、別姓にしなければならない。それは養子縁組《ようしえんぐみ》の場合も同じだった。

那桜の実家の狐ヶ崎家には資産があったが、白沢家は那桜の後見人を強引に引き受け、その財産を半ば掠《かす》め取るように横取りしてしまった。当時やっと中学に上がったばかりの那桜はどうすることも出来ず、高校までは出してもらったものの、それからはアルバイトに従事し、給料のほとんどを搾取《さくしゅ》されている。

「あら、帰ったの」

養母がちらりと那桜を一瞥《いちべつ》する。

「ご飯そこに残ってるでしょ。洗い物してから食べるのよ」

「はい。ありがとうございます」

キッチンに行くと、鍋《なべ》にカレーが少しばかり残っていた。白米の上にそれを乗せると、那桜はシンクにそのまま残っていた洗われていない食器を洗い出す。焦《こ》げたカレーがこびりついている鍋を洗うのは一苦労だった。けれどちゃんと綺麗《きれい》にしないと、次は食事を抜かれてしまう。

那桜は狐の獣人であるので、やはり肉が好きだった。けれどこの家で肉を食べられることは滅《めっ》多《た》にない。食事の内容にもあからさまに差をつけられていた。

けれど、両親が死んだ時、周りの親戚は那桜を引き取ることを拒《こば》んだ。那桜が獣人であるだけならまだよかっただろう。

（俺がオメガだったから）

この世界ではオメガはとかく生きにくい。定期的に訪れる発情期には薬を飲んでじっと耐《た》えねばならないし、それでなくともフェロモンによる『事故』の危険性がある。オメガのフェロモンによってアルファが発情し、危害を加えられた場合でも、その責任はオメガにあるとされてしまうのだ。オメガの子が生まれると、その家はよけいな気苦労を抱えねばならない。そんな自分を引き取って育ててくれただけでも、感謝しなくてはならないだろう。幸い飢《う》えるようなことはない。最低限の薬を買えるだけの給料は残してくれる。ましてや那桜は『狐のオメガ』だ。厄介《やっかい》な性質が二つも重なっている。

「ベータがアルファと結婚できるなんて、めったにないことよ。友達にも自慢《じまん》しちゃった」

「うんうん、利香《りか》は美人だし、そこいらのオメガにも負けてないからな」

義姉の利香は快活《かいかつ》で気の強い性格だった。会社にいたアルファに猛《もう》アタックし、ついに結婚を勝ち取ったのだという。

「あんたはオメガだってのに、まだ番《つがい》が見つからないの？」

ふいに矛先《ほこさき》がこちらを向いた。那桜が顔を上げると、利香が挑発的《ちょうはってき》な目をこちらに向けている。

「……うん」

那桜は困ったように笑い、首を振って見せた。利香の笑い声が響《ひび》く。

「俺のことはいいよ。結婚おめでとう、姉さん」

那桜が言うと、利香は途端《とたん》にふん、と不機嫌《ふきげん》そうな顔になった。

「いい子ぶっちゃって」

そんなつもりはない。けれど那桜の何かが彼女を刺激してしまったようだ。

「あんたもパパとママにお世話になっているんだから、いい結婚相手くらい見つけて恩返《おんがえ》ししたらどう？」

この家はもともと那桜と両親が住んでいた家だ。そこに白沢の家族が越してきて、以来、那桜は隅《すみ》に追いやられている。那桜はオメガの特色として、けぶるような美貌《びぼう》を持っていたが、身なりを飾《かざ》る余裕もなく、いつも質素《しっそ》な服装をしていた。ただでさえ抑制剤《よくせいざい》などで金がかかるのだ。

「仕事も忙《いそが》しいし、なかなか」

「仕事ったって掃除のバイトでしょう？」

利香が馬鹿にしたように言った。オメガが就業するのは、その体質から難しい。それでも自らの努力により世間で活躍しているオメガもいるが、那桜はその努力をするための機会さえ奪《うば》われていた。それでも、那桜は今の仕事が嫌いではない。けれどそんなふうに言われてしまうのは、さすがに少し悲しかった。

「けど、掃除する人がいなかったら綺麗にならないよ」

「は？　何？　口答えする気？」

利香がムッとした顔で立ち上がる。それを面倒くさそうに父が制した。

「やめなさい、利香」

「だって」

「お前と那桜では比べ物にならないよ。しょせん那桜は、けだものだ」

獣人に敵対的《てきたいてき》な、あるいは差別的な人間はしばしばそのように言う。人間のほうが高等な生きものなのだと。

「それも狐ですものね。外でどれだけ遊んでいるのやら」

「――――そんなことしてない」

養母の言葉に那桜は反論した。そんな時間があるわけがないし、相手が誰でもいいわけではない。けれどそんなふうに見られてしまうのだ。狐は多淫だから。

「もういいわ」

義母はぴしゃりと話を打ち切った。

「さっさと自分の部屋で食事して。食べたらちゃんと洗うのよ」

「はい」

那桜は小さくため息をつき、トレイを持ってリビングを出た。その背後から、一際《ひときわ》大きな笑い声が聞こえてきた。

食事を終え、言いつけられた用事をすませると、ようやく自由時間となった。那桜はごろりとベッドに転がると、スマホの中の写真を見る。

そこには在《あ》りし日の両親と、まだ幼い那桜自身がいる。

――――会いたいな。

優しかった父と母。育てにくいはずだった那桜を、両親は愛情をかけて育んでくれた。狐であること、オメガであることの心得《こころえ》を根気《こんき》強く教えてくれた。

世界中に、自分一人みたいだ。

那桜は時々そんなことを思う。ここは両親と暮らした家なのに、もう自分の居場所がない。

こんな自分にもいつか、番ができるのだろうか。

けれど狐は多淫だから、同じ獣人でも敬遠されるか、あるいは下世話な好奇心を持たれると聞く。だから狐は狐同士で婚姻《こんいん》を行うのが普通なのだが、獣人の中でも狐は数が少なく、那桜は獣人の狐で自分以外の存在を知らない。

身を蝕《むしば》むような寂《さみ》しさは、両親が死んだ時から付き纏《まと》っていたものだった。半ば慣れてしまって、もうあまりつらいとは思わない。それでもこんな夜は、自分が一人だということを思い出してしまう。

――――いつか。

夢を見るくらいはいいだろう。

いつかこんな自分にも、愛し愛される人が出来て、身も心も満たされる時が来たら。

けれどそんな日が来るのは、とても難しいことだと思った。

その日の朝、那桜は身体がなんとなく熱っぽいと感じた。

（もうすぐ発情期か）

相手もいないのに、毎回きっちり訪れるのが忌々《いまいま》しい。抑制剤を補充しようとして、薬袋の中を見たとき、那桜の顔が曇《くも》った。

（足りない）

先月は姉へのお祝《いわ》い金などで出費がかさんで薬を買い足すことができなかったのだ。手持ちの薬の量では、もし発情期が来てしまった場合とても心許《こころもと》ない。

「どうしよう……」

那桜は途方《とほう》に暮《く》れた後、思い切って養母に借り入れを願い出ることにした。階段を降りると、ソファに座ってテレビを見ている養母の姿が目に入る。

「あの……、お母さん」

こちらに背を向けていた養母は、那桜の呼びかけに億劫《おっくう》そうに振り向いた。

「なあに？　まだ仕事に行ってなかったの？」

「それが、薬が足りなくて」

「薬？」

「抑制剤です」

「ああ」

養母は眉《まゆ》を寄せた。彼女は那桜に発情期があることを、穢《けが》らわしいもののように思っている。

「買いなさいよ」

「お金がないんです。だから、その…、薬代を貸してもらえないでしょうか。給料が出たら返すので」

こんなことを言うのは惨《みじ》めだった。本来ならば、この家の財産は那桜が所有するものだが、今は白沢の家族が管理している。だから那桜は必要な薬を購入する時ですら、こんなふうに願い出なければならない。

「は？　何を言っているの？　お前の計画性がないからでしょう？　遊ぶ金にばかり使って」

「違います。先月は、姉さんのご祝儀《しゅうぎ》で……」

「利香のせいだっていうの⁉」

養母の声が大きくなって、那桜はびくりと肩を竦《すく》ませた。

「まったく。何て恩知らずな子なのかしら」

養母はそう言ったきり、またテレビに視線を戻して、そうして二度と振り返らなかった。那桜は諦《あきら》めてその場を去り、仕事に行くしかなかった。給料日まであと五日。それまで発情期が来ないことを祈《いの》るだけだった。


その日の現場は、よりによってあの獣人達のいるビルだった。いつもならば、その姿を見かけることを期待している那桜だったが、今日ばかりは事情が違う。あの強いアルファのフェロモンを受けてしまったら危険だ。そのため、できるだけ出会わないことを願った。

だが、そんな時に限って出会ってしまうものだ。

「次、五階のトイレやってきます」

「お願いね。今日はここで最後だから」

現場をまとめるリーダーの指示で、那桜は五階に上がった。これで今日の仕事は終わりだ。

よかった。どうにか無事に一日が終わりそうだった。

丁寧《ていねい》に掃除をし、やれやれと息をついて引き上げようとした時だった。廊下《ろうか》を歩いていると、途端に強いフェロモンを感じる。くらり、と目眩《めまい》を感じて、次には身体の底からカアッと熱くなる感覚がした。足が縺《もつ》れる。

「な…、あっ」

これは。この感覚は。――――まずい。

覚えのある、身体が火で炙《あぶ》られるような感覚。鼓動《こどう》が速くなり、視界がぶれた。ふらりと軸《じく》が傾《かたむ》いて、背中がドン、と壁にぶち当たる。そして那桜はその目の端《はし》に、こちらに歩いてくる二人の男の姿を認めた。

「あ――――」

どうして、よりによって。

会いたくない時に会うのだろう。

間違いない。このフェロモンは、彼らから漂ってきたのだ。

アルファである虎《とら》の獣人と、狼《おおかみ》の獣人。彼らもまた那桜のフェロモンに気づいたのか、驚《おどろ》いたような顔をしてこちらを見ている。

「だ…め、です、近づかない、で……」

自分のフェロモンは彼らを惑《まど》わせてしまう。那桜は遠ざかろうとしたが、足が縺れて目の前が反転した。

（え――？）

そう思った次の瞬間、那桜の意識は闇《やみ》の中に呑《の》まれていった。


「う……っ」

意識が覚醒《かくせい》して、瞼《まぶた》の裏に光を感じる。那桜は呻《うめ》きながら眉を寄せ、それからゆっくりと目を開けた。

「――お。気がついたみたいだぜ」

「気分はどうかな？」

那桜は未《いま》だ自分が夢《ゆめ》を見ているのではないかと思った。何故《なぜ》なら、目の前にいるのは那桜がいつも姿を見て密《ひそ》かに心をときめかせていた男達だったからだ。

先に声をかけてきたのは虎の獣人で、金色に近い茶の髪をしていた。少し長めのそれを無造《むぞう》作《さ》にかき上げたような髪型は彼の都会的な容貌《ようぼう》にあっている。デザイン系のスーツを嫌《いや》みなく着こなしている様は、流行のミュージシャンのようにも見える。目は深い緑色だった。

もう一人は狼の獣人だ。黒い髪に灰色《はいいろ》の瞳《ひとみ》、ラフに撫《な》でつけた前髪が額《ひたい》に垂《た》れているのが男《おとこ》臭《くさ》い色気を醸《かも》し出していた。かっちりしたスリーピースのスーツが、見事に均整のとれた鍛《きた》えられた肉体に華《はな》を添えている。虎の獣人も鍛えられた肉体を持っていたが、狼のほうが若干《じゃっかん》身体の厚みがある。そして何より、二人ともが恐ろしいほどに魅力的《みりょくてき》な雄《おす》だった。いつも遠くから眺めるだけだったので、こんなに間近で見たことがない。

「――あ、俺っ…、どう、しましたか…?」

「廊下で倒れたんだ。ここはビルの医務室だ」

言われてみてあたりを見回すと、簡易的《かんいてき》な診察室《しんさつしつ》のように見えた。自分はどうして倒れたんだっけ。そうだ。急激な発情期を迎《むか》えて、そこに強力なアルファのフェロモンを感じたものだから、意識を失って――。

そこまで思い至った瞬間《しゅんかん》ハッとした。

「すみません! 俺、オメガなんで……! フェロモン大丈夫ですか!」

那桜は咄嗟《とっさ》に二人から身体を離そうとして、ベッドの上で後ずさった。

「ああ、平気平気。君には抑制剤の点滴《てんてき》打っといたし、俺らもちょうど薬を余分に飲んでたから」

彼が言っているのは、アルファが服用するオメガのフェロモンに抵抗できる薬だろう。

「そう…なんですか?」

「ああ。午前中にちょうど、オメガのいる現場に顔を出したところだったからな。むしろ俺達

のせいで君が急に発情期に入ってしまったんじゃないか？」

狼の男の言葉に、那桜は気まずくなって俯《うつむ》いてしまう。

「すみません。ちょっと経済的な理由があって、抑制剤をちゃんと買えなくて……。ご迷惑《めいわく》おかけしました」

那桜は再度頭を下げた。彼らに迷惑をかけてしまうことになって、穴があったら入りたい気分だった。

「君、名前は？　俺は虎城弦《こじょうげん》。こっちは狼神隆将《おおがみたかまさ》」

虎の獣人が虎城と名乗った。狼の獣人は狼神というらしい。那桜もまた慌《あわ》てて名乗る。

「狐ヶ崎、那桜…です」

「狐ヶ崎？　やはり狐か」

「狐のオメガか。そりゃあ大変だ」

何が『大変』なのか。虎城が言わんとしていることを想像して、那桜は居たたまれなくなる。

「経済的と言っていたが、狐ヶ崎は数こそ減らしているものの名門のはずだが……？」

「……両親はもう亡くなってしまって、俺一人なんです。それで、今は人間の親戚のところにお世話になっていて」

「……なるほど」

狼神がそう言って、もう彼らはそのことについて触れてこなくなった。

「これ、内服の抑制剤を処方《しょほう》してもらったよ」

虎城に薬の袋を渡される。見ると、抑制剤がぎっしり詰まっていた。

「ありがとうございます。あの、でもさっき言った通り……」

那桜はこの薬の代金を今は払《はら》えない。彼らの親切が申し訳なかった。

「診察料は別に気にしなくていい。俺達のせいのようなものだ」

「そんな！　申し訳ないです。次の給料が入ったらお支払いしますから」

那桜の必死の訴《うった》えに、彼らは顔を見合わせる。

「うーん、じゃあさ、次に会ったらメシでもつき合ってよ」

「え……？」

話の繋がりが那桜にはわからなかった。すると狼神が柔《やわ》らかな笑みを浮かべて言う。

「獣人同士、こんなところで会うのも何かの縁《えん》だろう。狐の知り合いはこれまでいなかったことだしな」

那桜はふと思い出した。人間の家で育ったので獣人の世界のことは詳しくないが、虎城と狼神と言えば、それぞれの獣種の家では名門だったはずだ。

そんな彼らが自分と知り合いに？　那桜はその事実が信じられなかった。

「本当にいいんですか。俺なんかと」

今の自分は、狐ヶ崎を名乗るにはおこがましいほどに落ちぶれている。それなのに彼らが自分と繋がりを持とうとしているなんて。

「なんか、ってのが気になるけど、その通りだよ」

虎城に苦笑されて那桜は恥じ入ったように首を竦める。けれど裏腹に、心臓の鼓動はどきどきしていた。


突然倒れてしまったことでバイト先には迷惑をかけたかと思ったが、連絡してみると逆に心配されて恐縮《きょうしゅく》してしまった。

（みんな優しいな）

甘えてはいけないと思いつつも、優しくされると嬉《うれ》しくなってしまう。暖かくなった気持ちのまま帰宅した時、それは唐突《とうとつ》に起こった。

「ただいま」

「おお、帰ったか、那桜」

いつもは那桜が帰っても無視するのに、その日はまるで家の者みんなが那桜を待ちかねていたようだった。養父がにこにこしながら那桜を手招きしている。なんだか嫌な予感がした。

「どうしたんですか」

「いやな、お前にとっておきのいい話があるんだ」

「ほんと、あんたにはもったいないくらいの話よ」

促《うなが》され、ソファに座ると、今朝はあんなにつっけんどんな態度をとっていた養母までが、機《き》嫌《げん》がよさそうだった。その中で姉の利香だけがおもしろくなさそうな顔をしている。

「那桜、お前に結婚相手を見つけてきてやったぞ」

養父の言葉に耳を疑った。

「ちゃんとアルファを見つけてやったんだ。感謝しろ」

父は話を続けた。

「俺の取引き先の社長さんでな。後添《のちぞ》いを探しているそうだ」

「那桜で四番目らしいけど、この際、贅沢《ぜいたく》は言えないわよね」

前の結婚相手は全員オメガだったが、いずれも番を解消したか、亡くなってしまったそうだ。こういうケースはたまに、いや、しばしば見かける。アルファの地位を笠《かさ》に着て、オメガを食い物にしているのだ。しかも、もう年齢が五十を過ぎている。惹《ひ》かれ合っているなら年齢も気にならないが、これはおそらくそういうのとは違うだろう。

「先方は、番となるオメガにはしっかりと家を守って欲しいそうだ。だからあまり外には出て欲しくないと言っていたが、お前はこれまで一生懸命《いっしょうけんめい》外で働いてきたし、家でゆっくり番の帰りを待つのもいいだろう」

養父に写真を見せられたが、酷薄《こくはく》そうな目が好きになれなかった。家にいて欲しいというのは、おそらく自由を奪うのではないだろうか。

「よかったな、那桜」

「ほんと。これであんたも幸せになれるわよ」

「……くない」

「ん？　何だって？」

「したくない！」

その人とは結婚したくない、と那桜は初めてきっぱりと口にした。この家族と暮らすようになってから、強いられる理不尽《りふじん》を受け入れ、半ば諦めたように従っていたが、この時は何故《なぜ》か半ば反射的に拒否《きょひ》の言葉が口をついて出ていた。言ってしまってから、自分でも驚いたくらいだった。

「その結婚は嫌です。したくありません」

オメガやアルファは、時に本能に突き動かされることがある。ましてや獣人ならば尚更《なおさら》だった。その男に首を噛《か》まれ、番となってしまえばもう取り返しがつかない。そうなればきっと、会えなくなってしまうだろう。誰に？　――――彼らにだ。

那桜がそう言うと、養父も養母も、あからさまに気分を害《がい》したような顔になった。姉だけはおもしろくなってきたという表情をしている。

「何言ってるんだ那桜。こんなにいい話はないぞ」

「そうよ。あんたはオメガでも狐のオメガ。もらってくれる人なんて、そうそういないわよ」

わかっている。自分はただでさえ多淫だと言われる狐の獣人で、さらにオメガでもある。この組み合わせを持つ者が、この世でどれだけいるのかわからない。けれど、ここで養父達に言われるまま、その男と番になるのだけは嫌だった。

「わからない子ね。お前が発情する度に、こっちはいたたまれない空気になるのよ。結婚すれば、それが全部解決することになるのよ」

「！」

狐のオメガの発情期は苛烈《かれつ》だった。オメガの発情期は通常一週間。発情期には個人差があり、軽い者なら薬を服用すれば、そのまま社会生活を続けられるものもいる。だがそういった者は人間がほとんどだった。だが、もともとが本能に振り回されやすい獣人はそうもいかない。そもそも獣人にオメガは少ないのだ。彼らは基本的に人間よりも肉体的に優れているため、種として優位のアルファとして生まれてくる。

そして狐のオメガである那桜の場合は、どんなに薬で抑《おさ》えたとしても、一週間のうち二、三日ほどはどうにもならなくなる。その間は仕事など出来るわけもなく、部屋に閉じこもってやりすごすしかなかった。

体温は上がり、激しい疼《うず》きと快感《かいかん》に苛《さいな》まれて、那桜はその間、理性を飛ばす。誰も鎮《しず》めてくれない身体を自分で慰《なぐさ》めながら、声が漏《も》れないように布を噛み、一人でイキ続けるのだ。

だがどんなに声を殺そうとしても、くぐもった呻《うめ》きは喉《のど》から漏れてしまう。それに完全に理性が飛んでしまえば、そもそも声を抑えようとする気さえなくなってしまうのだ。

世間には番を持たないオメガのための、発情期の期間を過ごすための施設というのも存在するが、民間の施設のために安くない料金がかかる。そして当然、那桜にはその施設を利用できるだけの費用を用意することはできなかった。

「あ……」

それを指摘《してき》されてしまい、那桜は羞恥《しゅうち》と惨めさで喉の奥がつまりそうになる。

「わかったわね。じゃあ、この話は進めておくわ」

「い、嫌だ……」

それでも那桜は首を振った。

「ごめんなさい、どうしても嫌です」

「まだ言うか！」

「発情期が迷惑なのであれば、どこかに隠れます。その間、この家には近寄りませんから、だから……！」

次の瞬間、横《よこ》っ面《つら》に衝撃《しょうげき》が走り、那桜は壁際に吹《ふ》っ飛《と》んだ。最初、何が起こったのかわからなかったが、頬《ほお》にジンジンとする熱さと痛みが走り、殴《なぐ》られたのだと知る。

「わがままを言うな!!」

養父の怒号《どごう》が部屋に響く。

「これまで無事に育ててやったのは誰のおかげだと思ってる。言うことを聞けないのなら出て行け!!」

「……っ」

彼らは多分、那桜がここを放り出されては生きていけないと思っているのだ。自由になる金も持たない狐のオメガが一人で生きていけるはずがないと。

だが、それでもいい。

望まない結婚をさせられ、消費されるよりは、のたれ死んだほうがまだましだ。

那桜は起き上がると、リビングを飛び出し、家を飛び出した。

子供の頃に両親と暮らした家ではあったが、振り返ることすらしなかった。

当てもなく道路を歩いて行く。このままどこまでも歩いていったら、どこに行けるのだろうと思った。両親と同じところに行けるだろうか。

打たれた頬はまだ熱を持っていた。ほとんど手加減《てかげん》なしに叩《たた》かれたのだろう。口の中に微《かす》かに血の味が滲《にじ》んでいた。

頭は冷えたが、もうあの家には戻りたくなかった。あそこはもう自分の家ではない。きっと両親が死んで、白沢の家族が上がり込んできた時からずっと。

どれくらい歩き続けただろうか。無意識に人目を避《さ》けていたらしい。那桜は線路沿いの暗い道を歩いていた。街灯がぽつりぽつりと間隔《かんかく》を開けて灯《とも》っているが、線路の反対側は無機質なビルが建ち並び、まだそんなに遅い時間でもないというのに歩く人もあまりいない。

先の高架下《こうかした》に数人の男達がたむろしていた。気に止めず通り過ぎようとしたが、彼らは那桜を見ると馴《な》れ馴《な》れしく話しかけてくる。

「なあ、あんたオメガだろ？　俺、鼻が効くんだよね。ベータだけどさ」

「番はどうしたの？　いないの？」

「喧嘩《けんか》でもした？　なら俺達と遊びに行かない？」

那桜は無視してやり過ごそうとしたが、男達は諦めない。

「なあ無視すんなよ」

「オメガちゃん美人だね。……ん？」

男の一人が那桜を覗《のぞ》き込み、何かに気づいたようだった。

「あれ、お前……、獣人？」

「え、まじか」

「だってほら、耳」

「触るな！」

髪の毛に隠れるようにして生《は》えている大きな狐の耳に触れられそうになり、那桜は咄嗟《とっさ》に抵抗する。

「あ、もしかして狐じゃん」

「へえ、狐のオメガってこと？」

「そんなん、もうエロエロじゃねえかよ」

笑い声が上がった。その言葉に、那桜は男を睨《にら》みつける。

「あ？　なんだよその目」

「気取ってんじゃねえよ、ド淫乱《いんらん》のくせによ」

「っ！」

腕を摑《つか》まれて、那桜はそれを強く払いのけた。すると爪《つめ》の先が男の顔を掠《かす》めてしまい、細い傷をつけてしまう。

「……ってえ……。何しやがる！」

どん、と胸を押され、那桜は架線下の壁に背中を打ちつける。一瞬息が止まった。だがその時、那桜は、この男達が自分と同じ獣人であることに気づいた。だが、何の獣人かまではわからない。

「この野郎、ボコボコに犯してやるからな」

「そんな匂《にお》いプンプンさせながら、ふらふら歩いてるってことは、そうされたかったんだろ」

「やめろ！　離せ！」

那桜は逃《のが》れようとめちゃくちゃに暴《あば》れようとした。こんな輩に好きにされるなんて死んでもごめんだった。かろうじて動く足を振り上げ、男の腹を蹴《け》り飛ばす。

「うおっ！」

僅《わず》かに出来たその隙《すき》を逃さず、那桜は男達の囲いから飛び出た。だが、すかさず伸びた別の男の手に髪を掴まれ、道路の上に引き倒された。

「あっ……！」

「てめえ、いい加減に大人しくしろ‼」

「いい子にしてりゃ、気持ちよくしてやるからよ」

ボトムに手をかけられ、乱暴《らんぼう》にベルトを外《はず》される。下着ごと下肢《かし》の衣服を降ろされそうになり、那桜はきつく目を瞑《つむ》った。

――やっぱり、こうなるのか。

どうしても、踏《ふ》みにじられてしまうのか。

悔《くや》しい。

俺はただ、普通に誰かと愛し愛されたかっただけなのに。

（誰か）

その誰かがいるというのなら。

――――助けて。

那桜が心でそう叫《さけ》んだ時だった。

「うおっ⁉」

那桜を押さえつけ、覆《おお》い被《かぶ》さっていた影《かげ》が剝《は》がされるようにして消えた。その後もひとつ、またひとつと引き剝がされ、那桜は何が起こったのか理解できず、ただ目を見開く。そして最後の影が軽々とどけられた時、その声が聞こえてきた。

「――――みっともない真似《まね》はやめろ」

「お前らみたいな奴らがいるから、獣人は乱暴だってイメージが強くなるんだよなあ」

男達は道路に転がり、何か攻撃《こうげき》されたのか呻いている。その中央に、見覚えのあるシルエットが二つ立っていた。

「あ……」

それは今日、那桜を助けてくれた虎城と狼神だった。彼らの後ろには車が停《と》まっている。走っているところに襲われている那桜を見つけてくれたのだろうか。

「お前らがいくら馬鹿でも、俺達に敵《かな》わないことくらいはわかるだろう」

狼神がスーツのポケットに手を突っ込んだまま、高圧的な台詞《せりふ》を吐き捨てる。地面に転がった男達はすっかり戦意を喪失《そうしつ》してしまったようで、苦痛をこらえながら悔しそうに二人を見上げていた。だがそんな中で一人だけ立ち上がり、向かってこようとするものがいた。

「ふざっけんなよ…！　アルファだからってイキってんじゃねええ！」

「馬鹿、やめろ、タケ！」

仲間が制止するのも構わず、タケと呼ばれた男が二人に飛びかかっていく。それを見た那桜も危ない、と思った。

その時、虎城が動き、長く強靭《きょうじん》な足を鞭《むち》のようにしならせて男の胴体《どうたい》を跳《は》ね飛ばす。それなりに体重のありそうな男の身体が、まるでボールのように吹っ飛んでいった。

「タケ！」

どうやら気絶《きぜつ》したらしいタケと呼ばれた男の元に仲間達が群《むら》がっていく。そしてタケを抱き起こすと、もはや後ろも見ずに這々《ほうほう》の体《てい》で、その場から逃げていった。

後には狼神と虎城の二人と、那桜だけが取り残される。

「危ないところだった」

「大丈夫？」

二人から手を伸ばされる。それを呆然《ぼうぜん》と見て、那桜の唇《くちびる》から言葉が漏《も》れた。

「どうして……？」

どうして、彼らは二度も自分を助けてくれたのか。那桜はふらつきながらも自分で立ち上がると、衣服の乱れを直し、彼らに向かって頭を下げた。

「また、助けていただき申し訳ありません」

これ以上、彼らに迷惑をかけたくなかった。立ち去ろうとすると、後ろから手首を摑まれる。

狼神が気遣わしげな顔で那桜を見ていた。

「どこへ帰るんだ。送って行こう」

「……ありがとうございます。でも……」

家にはもう帰れない。帰りたくない。

那桜が言葉に詰《つ》まっていると、虎城が尋ねてきた。

「帰りたくないのか？」

「……」

「そんな顔してる」

どうして見抜かれてしまうのだろう。那桜が途方に暮れていると、彼らはさっさと那桜を車に乗せ、連れ去ってしまった。


連れて来られたのは住宅街にあるマンションの一室だった。コンシェルジュがいるロビーを通り、通された部屋は妙《みょう》に生活感がなかった。

「この物件はうちの会社が所有しているものだ。気兼ねなく使うといい」

「……は？」

「行くとこないんだろ？」

狼神の言葉にきょとんとしていると、虎城が重ねてきた。まさか、自分をここに置いてくれるつもりなのだろうか。那桜はびっくりしてかぶりを振った。

「そんな。そういうわけにはいかないです。家賃だって払えないし」

「賃料は気にしなくていい」

「ダメです」

那桜はきっぱりと言った。

「お気持ちは、すごく有り難いです……。ありがとうございます。昼間の時といい、親切にしていただいてばかりで、なんとお礼を言っていいのかわかりません」

だからこそ、厚意に甘えてばかりではいけないと思うのだ。

「あなた方には、俺は狐でオメガで、大変なことのように思えるかもしれませんけど、大丈夫です」

「じゃあ、この後どうするつもりだったの？」

「それは……」

ええと、と那桜は考える。

「とりあえずネカフェにでも行こうかなと」

「それじゃ解決にならないだろ」

「薬もろくに買えないのに、そんなところで無駄金《むだがね》を使っている場合じゃないと思うのだが？」

ぐうの音《ね》も出なかった。正論を言われて反論を封じられていると、虎城が、ふっと笑みを浮かべる。

「とりあえず事情を教えてくれる？」

「……わかりました」

こんなに親切にしてくれる彼らには説明すべきだと那桜は思った。

「あまり楽しい話ではないですけど」

「それは最初から想像ついてる」

「……はい」

促されて椅子《いす》に座った那桜の前に、温かい紅茶が置かれる。ゆっくりと飲むと、気持ちが落ち着くようだった。

「俺の両親は、七年前に亡くなりました。そこへ遠縁の親戚筋だといって現れたのが今の家族です」

那桜にとっては、家族は死んだ両親だけだった。

それからの日々を簡潔《かんけつ》に説明し、そして今日、強引な縁談《えんだん》を強要されそうになった事を話す。

「……それはひどいな」

「胸糞《むなくそ》の悪い話だぜ」

彼らが眉《まゆ》を顰《ひそ》め、ひどいと言ってくれたので、那桜は少しほっとしてしまう。自分がわがままだった訳ではないのだと。

「それで飛び出して来たというわけか」

「はい」

「なら、ますますここにいりゃいいじゃん」

重ねて勧《すす》められて、那桜は困ったように笑う。

「どうして、そんなに親切にしてくださるんですか？」

那桜は以前から彼らを見ていたが、彼らは那桜を認識したのは今日が初めてのはずだ。

「というか、今日、通りかかったのって偶然《ぐうぜん》……ですよね」

危ないところを、たまたま通りかかって助けられるなどということが、そんなに何度も起こるものなのだろうか。

「実は、今日、君の存在を知って、非常に驚いた」

「……でしょうね」

「狐ヶ崎と言えば、ちょっと名の知れた家だ。狐の獣人は数が少ない。君の父は、他の狐と交流を持たなかったのか？」

「わかりません。あの時は俺も子供だったので……。ただ父も母も、しがらみを嫌っていたような感じはしました」

事故で妻《つま》と共に死んだ那桜の父は、絵を描いて生計を立てていた。それなりに売れていた画家のようだった。学校にいた時に突然呼び出され、わけもわからず病院に連れて行かれ、すでに息絶《いきた》えた両親と会った。そこから後のことはよく覚えていない。気がついたら家の中にあの家族が入り込み、那桜は搾取され続ける人生を送ることとなった。

「それは弁護士《べんごし》案件じゃないのか？」

「そんなお金があるわけないですよ」

自嘲《じちょう》するように言うと、二人の表情が曇った。

「ほんと、もう大人なのに、情けないですよね」

未《いま》だに取られたものを取り返すことができない。だがどうすれば一歩踏み出せるのか、自分でもよくわからなかった。

「助けていただいて本当にありがとうございました。俺はこれで失礼します」

だが、このまま誰かに頼ってしまうのもよくない。

「自分で飛び出してきた以上、一人でなんとかします」

「話を聞いた限りでは、一人でなんとかできるとは思えないぞ」

「でも、さすがにここに置いてもらうわけにはいきません」

そう言って那桜は立ち上がった。その瞬間、覚えのある、どくんっという感覚が体内から込み上げる。

「――――っ」

まただ。点滴《てんてき》の効果が切れたのだろう。

襲い来る発情の波に、身体がカアッと燃え上がりそうになる。

「ア、は、離れて、くださ……っ」

よりによってこんな時に。

那桜は昼間、処方《しょほう》してもらった薬を取り出そうとした。だが自分がリュックを家に置いてきてしまったことに気づく。

このままでは、自分のフェロモンで彼らが。

そう思って後ずさり、視線を二人の男に向けると、彼らはどこか困惑《こんわく》したような表情でこちらを見ていた。そう、まるで、意のままにならない自分に驚くように。

「……まいったな」

「そうか、こんな感じなのか」

彼らは首を振ったり、あるいは上を向いて息を吐き出したりしていた。

きっと今、那桜のオメガフェロモンがアルファである彼らを籠絡《ろうらく》しようとしているのだ。自分ではどうすることもできず、また、那桜は込み上げる性衝動《せいしょうどう》に理性を失いかけていた。

（……とにかく、ここから出なくては……！）

まだかろうじて残る思考で、それだけを考えると、那桜は覚束《おぼつか》ない足取りで部屋の出口に向かおうとした。だが次の瞬間、腕を強い力で摑まれる。

「どこへ行くんだ」

「あっ！」

狼神の低い声が背中を舐《な》め上げていった。続いて、もう片方の腕が摑まれる。

「こんなにいい匂い、嗅《か》いだことないよ」

反対側の耳へと虎城の声が注《そそ》ぎ込まれた。那桜がおそるおそる振り返ると、そこには。

「あ――――」

さっきまで理性的に話をしていた二人の男の目が、ぎらぎらとした光を放ちながら那桜を見ていた。今にも食らいつかんばかりのその視線に貫《つらぬ》かれた時、那桜の肉体の中心にも甘い戦慄《せんりつ》が走る。

――――逃げられない。

その本能は獣人としてのものなのか、それともオメガとしてのものなのかわからない。二人分のアルファのフェロモンに射《い》すくめられ、すっかり抗《あらが》う力をなくしてしまった那桜の身体から、力がへなへなと抜けていった。

「────うあ！」

寝室に引きずり込まれ、ベッドに放り投げられるようにして押し倒された。そして服に手をかけられたかと思うと、布が裂《さ》ける音と共に強引に肌を露《あら》わにされる。釦《ぼたん》が弾《はじ》け飛んで床に落ちた。

「ああ…っ！」

「悪い。後で弁償《べんしょう》するから……。乱暴にはしないように、する」

驚いて見上げた視界の中で、虎城が懸命《けんめい》に耐えるような表情でこちらを見下ろしている。その直後、ベッドに腕が縫《ぬ》い止められるように強く押さえつけられた。

「すまん。君のせいにはしないから、いったん受け入れてくれ」

狼神もギリギリと奥歯を噛みしめるような顔で上着を脱《ぬ》ぎ捨て、乱暴にネクタイを取り去った。

そんなどこか余裕のないような男達の様子を目の当《ま》たり《あ》にした時、那桜は下腹の奥がきゅううっ、と引き絞られるような感覚に襲われる。

オメガのフェロモンによって起こった行為は、オメガの責任であるというのに、彼らは那桜のせいにはしないと言う。

それなら、受け止めてあげたい。そんなことを思う自分も発情期まっただ中だと思った。

「んんう…っ」

狼神が嚙みつくように口づけてきた。熱い舌が口中に這入《はい》ってきて、那桜の舌に絡《から》みつく。

その瞬間に頭が痺《しび》れるような快感が走った。那桜の喉《のど》が甘い音を立てる。

誰かとする初めての口づけ。それがこんなに気持ちのいいものだったなんて。

「あ、ぅ…んん……っ」

まるで貪《むさぼ》られるように口の中をしゃぶられて、その度に、びく、びくと身体が跳ねた。上顎《うわあご》の裏を舐められると、ぞくぞくと背中が震《ふる》えてしまう。その間にも虎城が那桜の衣服を脱がせ、露わになった肌に口づけてきた。

「んっ、んんっ」

きつく吸われる度に痺《しび》れるような刺激が身体の中に差し込んでくる。今の那桜はおそらく、どんな感覚も快感として受け止めてしまえるだろう。多淫と呼ばれる狐のオメガ。それはきっと、狼と虎の獣欲《じゅうよく》でさえも一度に呑み込んでしまえる。

「おい、そろそろ代われよ」

「ふあっ……」

那桜の口を熱心に味わっていた狼神が、待ちきれなくなった虎城にどかされる。一瞬、口が解放されたと思った次の瞬間には、那桜は顎を捕《と》らえられ、虎城に口づけられていた。

「はあっ……」

熱さの違う舌に口の中をいっぱいにされ、那桜は肌を震わせる。彼は一度、那桜の舌を強く吸ってから、くちゅくちゅと音をさせて舌を絡めてきた。促すようなその動きに那桜もおずおずと吸い返す。そうするともっと淫《みだ》らな気分になった。

（キスだけでこんなに気持ちいいなんて）

まともに働かない思考の隅《すみ》で、素面《しらふ》に戻ったらきっと死ぬほど後悔《こうかい》するのだろうなと思った。

それがわかっているのに抵抗できない。自分がとてつもなく淫らな質《たち》なのだとわかっていたが、それでも那桜は積極的に男を漁《あさ》る気になれなかった。そしてのっぴきならない状態になった今、二人の男に抱かれようとしている。

「乳首が勃《た》ってるな」

「んんっあっ」

狼神の舌が、興奮と刺激で胸の上でぷつんと尖《とが》っている突起《とっき》を舐《な》め上げた。その瞬間に快感の波がぞくぞくっと這《は》い上がってくる。那桜は思わずシーツから背を浮かせた。それを見て、虎城もまた反対側の突起に舌を這わせる。

「あっあっ！」

身体が一気に快楽《かいらく》の火に包まれていった。

「や、一緒…は、や、あ、ああ……っ」

それぞれの乳首を二人の男に同時に舐められるなど、もちろん初めての経験だった。感じやすく出来ているその突起は微妙《びみょう》に違うやり方で吸われ、転がされ、弾《はじ》かれて、那桜にたまらない快感をもたらした。

「あ、ふあ…あっ、あっ、はっ」

「すごく固くなって、膨《ふく》らんできたな」

「や、ぁ、あ…っ、い、言わな…でっ」

男達の愛撫《あいぶ》はとてつもなく巧《たく》みで、那桜はあっという間に忘我《ぼうが》の極《きわ》みに立たされてしまう。しかも困ったことに、彼らは乳首だけを執拗《しつよう》に虐《いじ》めてくるのだ。

「感じやすいの、可愛いな。乳首だけでイケるんじゃやねえ?」

「そんな…っ、あっ!」

そんなのは、恥ずかしくてどうにかなりそうだった。けれどその羞恥《しゅうち》は那桜に確かに快感と興奮を伝えてくる。乳暈ごとしゃぶられて高い声を上げると、もう片方の乳首は焦《じ》らすように舌先を這わせられる。胸の先がじんじんと疼いて、甘い痺《しび》れが身体中に広がっていった。

「あっ…、んっ、あ———……っ」

力の入らない指先でシーツを掻《か》きむしる。耐えられないように、嫌々と首が横に振られた。

「ほら、もう少しだ」

狼神の意地悪《いじわる》な言葉が那桜を煽《あお》る。那桜の脚の間はまだ一度も触られておらず、先端を愛液で濡らしながらそそり立っていた。だが、弄《いじ》られているのは乳首だけなのに、何故《なぜ》か股間《こかん》の肉茎にまで、はっきりと快感が伝わる。

「あっ…、あ、どう、して……っ、こんな……っ」

「もっと思い切り声出していいぜ」

虎城の声に、那桜は恥じ入ったように唇を噛んだ。いつも発情期の時は必死で声を殺しているのがわかっていたかのようだ。そんなはずはないのに。

「ひっ、あっ、あっ！　や、あ、あう！」

彼らの舌先の動きが、乳首を強く弾くようなものに変わる。うねるような快感が腰の奥から込み上げてきた。

「んゃ、ああ、んんんあぁぁ……っ」

びくん、びくんと肢体《したい》を波打たせながら、那桜は初めて他人の手による絶頂を迎えた。肉茎の先端《せんたん》から、びゅく、と白蜜を噴《ふ》き上げる。

「は、あ……っ、あ……」

彼らがようやっと乳首から舌を離すと、そこはぷっくりと膨れて朱《あか》くなっていた。

「気持ちよかっただろう。今からもっと気持ちよくしてやる」

「今夜は何回イっちまうかな」

「あ、あ……」

怯《おび》えと、そして期待に身体がわななく。絶頂の余韻《よいん》で手足からは完全に力が抜けてしまい、那桜は無防備に身体を投げ出していた。すると、那桜の頭の上にいた狼神が那桜の両脚を摑んで大きく持ち上げた。その結果、那桜の脚は大きく広げられて恥ずかしい部分が露わになってしまう。

「や……っ！」

「して欲しかったところを、弦に舐めてもらえ」

「よしきた」

「だ、だめ、やめっ…、んあっあっ！」

制する間もなく虎城の頭が那桜の股間に沈《しず》み、その屹立《きつりつ》を口に咥《くわ》え込んだ。ねっとりと舌が絡んでくる快感に整った顔が歪《ゆが》む。

「あ、は、ああ……っ」

那桜の上半身がめいっぱい仰《の》け反《ぞ》った。鋭敏《えいびん》な肉茎が吸われ、裏筋《うらすじ》を舌で擦られると、下半身が蕩《とろ》けそうな感覚が襲ってくる。甘い毒《どく》のような痺れがつま先まで広がり、腰が自然と揺らめいた。

「那桜、イイのか？」

初めて名前を呼ばれた。それが嬉《うれ》しくて、那桜はますます恍惚となってしまう。

「あ、い…い、気持ち、いい……っ」

こんな卑猥《ひわい》な言葉、もちろん言ったことはない。けれど実際に口に出してみると、ますます感じてしまうことがわかった。

「びくびくしてる。いっぱい可愛がってやるからな」

吸われる度に小さく震えるそれに、何度も舌を絡ませられて、脳が痺れるような快感に襲われる。那桜は腰を揺らしながら、あっ、あっ、と声を上げた。するとその様子を見ていた狼神が持ち上げていた那桜の両脚を離して言った。

「自分で持っていられるか」

「あ、は…い」

すでに正確な判断力を失っていた那桜は、狼神に言われるままに自分の太腿《ふともも》を抱えるようにして虎城の前に身体を開く。手の空《あ》いた狼神は、さっきさんざん舐めしゃぶった那桜の両の乳首を指先でかりかりと引っ掻くように弾いた。

「んぁあっ、あっ！」

口淫され、また乳首を刺激されて、那桜の身体が跳ねる。

「ここが好きなんだろう？　たっぷりしてやる」

「あっ、くっ、はああ…っ、んあっ、あぁぁあ……っ、あ、だめ、感じ、すぎる……っ」

快感が強くて苦しいと、那桜は啼泣《ていきゅう》しながら訴《うった》えた。

「うぁ、や、そこっ、ぐりぐり、したら……っ」

肉茎の先端の、愛液を零《こぼ》す小さな蜜口を虎城に舌先で穿《ほじく》られ、強烈な刺激に耐えられずに哀《あい》願《がん》する。

「だめだめ。我慢《がまん》して」

「あっ、んんんーっ、や、我慢、できなっ……！　ああっ、イく、いく……っ！」

淫らな言葉を垂《た》れ流し、浮かせた腰をぶるぶると震わせながら、那桜はまた絶頂に達した。

虎城の口の中で白蜜を弾けさせる。彼はそれを、ためらいもなく飲み込んでしまった。

目眩《めまい》すら覚える極みを迎えさせられ、けれど那桜は許してはもらえなかった。身体をひっくり返され、今度はうつ伏《ぶ》せにされる。

「尻《しり》を上げろ。そうだ。いい子だ」

狼神が後ろに来たらしい。言う通りの姿勢をとると、優しい声で褒《ほ》められた。あまりそんな言葉は言われたことがないから、少し嬉しい。

背後から双丘を押し開かれ、秘《ひ》められた窄《すぼ》まりを露わにされる。そこはすっかり濡れて、ひくひくと収縮《しゅうしゅく》を繰り返していた。勝手に潤《うるお》うオメガの後孔は、もう男根を欲して求めている。

「く、ひっ」

ぴちゃり、とそこに濡れた舌の感触を得て、那桜は声を上げた。てっきりもう挿《い》れられるものだと思っていたのに、狼神の舌は何度もそこを舐め上げてくる。

「あは、あ、あぁぁ……っ、舐め、ないで……っ」

　そこを舐められると、くすぐったいような、身体が浮き上がってしまうような感じがした。狼神が唾液《だえき》を中に押し込んでくると、中の肉胴がじんじんと疼きながらうねる。

「これも、イイんだろう？」

「あ、んぁあ、い、いい…っ」

　肉体はどこまでも素直だった。彼らの与える愛撫は、那桜に快楽しかもたらさない。たとえ乱暴に犯されたとしても快感を得ていただろう今の那桜を、さらに蕩《とろ》かせて、ぐずぐずにしようとする。

「んん、ひぃ…ぃ」

「那桜ちゃん、俺のほうも見て」

　上半身を少し持ち上げられ、顎を捕らえられて、那桜は虎城を見上げた。

「すげえエロい顔……。気持ちいいんだ？」

　自分がどんな顔をしているのかわからない。けれど相当にだらしない表情をしているだろうことは自覚していた。

「んん、あ、は…い、気持ちいい、です…っ」

「素直なのは大好きだよ」

「ご褒美《ほうび》だ」

後ろで那桜の窄まりを舐めている狼神が、那桜の蕩けた後孔に自分の舌を、ぬぐ、と捻《ね》じ込む。肉環をこじ開けられ、内部の媚肉まで舐められて、腰の奥に愉悦《ゆえつ》が、ぶわっと広がった。

「んんあぁあぁ」

そのまま、くちょくちょと舌を出し入れされて、下半身が砕けそうになる。そして那桜が身をくねらせていると、虎城の両手が胸の下に差し入れられ、はしたなく勃起した乳首を優しく転がし始めた。

「ふあっ…、ああぅんっ、そ、そこっ……！」

「ここ、ずっと弄っててやるからな」

そんな、と那桜はかぶりを振った。ただでさえ後ろを舐められてたまらないのに、感じる乳首をまた虐められる。さっきのように少し強めに指先で弾かれるのが一番気持ちいいのだと思い知らされた。

「ああ、あっ、ま、またイくっ……！」

「イったら、次はいよいよお待ちかねの挿入だからな」

「〜〜〜っ」

狼神に予告されて、後ろが期待するようにひくひくと蠢《うごめ》く。そんな様をつぶさに見られているのだと思うと身体が燃え上がりそうだった。

「んぁあ、あっ…は、ア、〜〜〜っ！」

ぎゅううっ、と後孔が窄まり、中が痙攣《けいれん》するような動きを繰り返す。それを見計らったように乳首を摘《つ》まれて、那桜は喉をのけぞらせて絶頂を迎えた。

濃厚《のうこう》すぎる前戯《ぜんぎ》に惚《ほう》けていた那桜の頭上で、そんな言葉が交わされる。

「お前が準備したんだし、お前でいいよ」

「一度出したらすぐに変わる」

「おう。どうせ一度や二度じゃ終わらねえしな」

「どっちが先に挿れる？」

その会話の意味をよく理解する前に仰向《あおむ》けにされ、両脚を持ち上げられた。脚の間には狼神がいて、那桜を今にも喰《く》らいそうな目で見ていた。そしてその股間で聳《そび》え立っているものを目にして、思わず息を呑んでしまう。それは偉容《いよう》とも言うべき太さと大きさを持っていた。狼神の肌の中で一際《ひときわ》黒く、那桜は怯えと共にそれを肉体が渇望しているのを感じた。

そしてこんな状態であるならば、きっと彼らはすぐにでも挿れたかったはずだ。それなのに時間をかけて那桜の肉体を蕩かしてくれた。発情状態にある那桜には、前戯は必要なかったはずなのに。

「挿れるぞ」

「あ、あ……」

そんなものを挿れられてしまったら、どうなってしまうのだろう。そんな那桜の思いをよそに、男の凶器が肉環をこじ開けてきた。

「ん、ん、ふあああ……っ」

後ろが入り口から押し広げられていく。それは泣き出したくなるほどに気持ちがよかった。初めて発情期を迎えた時から、待ち望んでいたものを今与えられ、堪《こら》えきれずにたちまちのぼりつめてしまう。

「あっだめっ、ああっ、い、く、んぅあぁああ…っ！」

「く……っ！」

奥まで挿入された時に達してしまって、肉洞の中の狼神を強く締め上げた。彼は荒《あら》くなる呼吸を押し殺しながら問う。

「今更、聞くが、お前、初めてか……？」

「あ、は…いっ、誰《だ》とも、したこと、な……っ」

那桜が息も絶え絶《だ》えに答えると、狼神は瞠目《どうもく》した。

「まじか」

虎城も驚いたようだった。

「信じられねえ。こんなスケベな身体してんのに……。でもそういや、処女《しょじょ》の匂いしてたな」

「狐のオメガがここまで純潔《じゅんけつ》を守っているなんてな」

それはめずらしいことなのだろうか。いくら本能とはいえ、肉体を明け渡すのには誰でもいいと言うわけではないのに。

「俺達に会うまで、とっておいてくれたのか？」

「んんうう…っ」

狼神は小さく笑いながら、那桜のイったばかりの内壁をゆっくりと男根で擦《こす》った。那桜は強烈な快感に喘《あえ》ぐ。

「もしそうなら嬉しいけどな」

虎城までもがそんなことを言った。那桜はなんと言ったらいいのかわからない。頭の中がもうぐちゃぐちゃに蕩けている。けれど、少しふわふわとした気分になったことだけは確かだった。初めてがこの人達でよかった。そう思うくらいに。

「それなら、うんと悦《よろこ》ばせてやる」

狼神が腰を引いたかと思うと、そのまま、ずぶずぶと腰を沈めてきた。中を深く抉《えぐ》られるような感覚に内奥が蕩ける。

「あ、あ、ひぃ……っ」

腹の奥に快感が広がった。こんな感覚は初めてで、我慢できない気持ちよさに背中が浮く。

思い切り仰け反って、胸を突き出すような姿勢になった。そこにある無防備な突起にまた愛撫が襲いかかる。虎城の舌が乳首を転がし、もう片方を指先で優しく引っ掻かれる。

「あっ！　あぁあ……っ、ち、乳首、だめぇえ……っ」

中を突かれながら乳首も責められると、おかしくなりそうだった。身体の芯《しん》がきゅうきゅうと疼いて、腹の奥もじんじんと脈《みゃく》打って、快感で破裂《はれつ》しそうになる。

「あううっ、んうーっ、は、あ、あっ、そ、そんな、おくっ……！」

狼神の長大なもので最奥まで貫かれると、腹の中のどこかに当たった。その場所に先端を押しつけられると、あまりの快感で涙《なみだ》が溢《あふ》れてくる。

「ここが好きか？」

「ひっ…、あっ、ひぃ、い…っ、す、すき、あっ、す、きぃぃ…っ」

那桜の口の端から唾液が零《こぼ》れた。そんな那桜の股間で濡れそぼちながら屹立しているものを、狼神の手がやんわりと握《にぎ》り込む。新たに加わった刺激に、那桜は全身で仰け反りながら嬌声《きょうせい》を上げた。

「あぁぁあ…っ！」

狼神の手の中で那桜の肉茎が白蜜を吹《ふ》き上げる。何度か扱《しご》かれただけで、ひとたまりもなくイってしまった。肉洞が強く収縮すると、狼神の男根の形がはっきりとわかる。

「っ、くそっ…！」

狼神は突然、口汚く言い捨てると、律動を速めて那桜を貪《むさぼ》った。

「あ、ふ、ああっ、ああっ！　――――～～っ！」

たった今、前で達したばかりだというのに、内壁を容赦《ようしゃ》なく擦られ、奥に押し当てられて、脳天まで快感が突き抜けた。那桜の身体に続けて絶頂が訪れ、全身で感じながら、また極みに達する。狼神が低く呻《うめ》き、那桜の肉洞にしたたかに精を叩きつけた。

「ひう、うっ」

その感覚にもまたイってしまって、がくがくと身体中を痙攣《けいれん》させる。思考が白く染め上げられて、何も考えられない。

「ふうっ……」

狼神は乱れた前髪をかき上げ、大きく息をついた。ゆっくりと腰を引くと、ごぽっ、と音がして狼神の放ったものが溢れてくる。

「悪い。俺ももう余裕ねえわ」

虎城が切羽詰《せっぱつ》まった様子で呟いた。那桜は身体を返され、今度は後ろから容赦なく、けれど慎重《しんちょう》に男根を捻じ込まれる。虎城のそれも狼神と変わらないほどに凶悪で、太さ長さも相当なものを誇《ほこ》っていた。

「あっ、あ！　すご、い……っ」

内部は那桜自身の愛液と狼神の放ったもので潤《うるお》い、少しの苦痛もなかった。多淫の狐であり発情状態の那桜は、男達の巨根をも容易《たやす》く呑み込み、その媚肉で思う存分味わっている。

「おいおい何だこりゃ……、ちょっとすげえな……」

背後で虎城が感嘆《かんたん》するように呟《つぶや》いた。彼が動く度に、ちゅぐ、ちゅぐ、と卑猥《ひわい》な音が響《ひび》く。内壁をかき分けるようにして擦られ、総毛立《そうけだ》つような快感に全身が包まれた。

「あ、あっ…あ、あぁ――――…っ」

耐えきれずに喉を反らして喘ぐと、濡れた唇を狼神に塞《ふさ》がれた。那桜は甘く呻きながら、くちくちと音を立てて舌を絡ませる。

「体勢変えるぞ」

「あっ！」

上体を持ち上げられ、後ろに座り込んだ虎城の膝の上に、そのまま腰を落とすような格好にされる。自重で彼を根元まで咥《くわ》え込んでしまい、先端が最奥の弱い場所に当たった。

「ああああっ！」

「はあ…、根元まで包まれんの、すげえいい……」

深くて、よすぎて、どうしたいいのかわからない。文字通り串刺《くしざ》しにされて、ろくに動くこともできない。

「あ、当たっ、て、……だめなとこ、当たってる、から……っ」

「うんうん、ここが弱いんだよな？」

必死に訴《うった》えたのに、那桜は両膝《りょうひざ》の裏を持ち上げられ、虎城の信じられない膂力《りょりょく》で持ち上げられた。ずるる、と男根が引き抜かれ、次には落とされる。

「ふああ――――…っ！」

どちゅん、と男根の先端に抉《えぐ》られ、那桜は快楽の悲鳴を上げた。そんなことを何度も繰り返される。耐えきれずに何度もイく様を、目の前の狼神につぶさに見られている。恥ずかしくて、気持ちがいい。露わになった那桜の肉茎は白蜜を滴《したた》らせながら切なく震えていた。

「隆将。前舐めてやれよ」

「わかった」

「えっ、や…っ、あ、ああんんっ！」

大きく開かれた脚の間に狼神の頭が沈み込む。そそり立った肉茎に伸ばされた舌が、ぴちゃりと押し当てられ、丁寧に舐め上げられた。

「あ、あっ…、はあ、んああ…っ、あぁぁあ…っ」

裏筋から、ちろちろとくすぐるように舌を動かされるのがたまらなくて、那桜は無意識に腰を揺らした。そうすると中にいる虎城のものに内壁が擦られてしまって、ひどく感じてしまう。

「あふ、くうう…っ、い、いい……っ」

前と後ろを同時に責められると、理性が簡単に飛んでしまう。卑猥な言葉を垂れ流し、もっと淫らなことをねだってしまう。狼神の口の中にすっぽりと含《ふく》まれて吸われてしまうと、那桜は虎城の肩に後頭部を押しつけて仰け反った。

「んあ、ああう……っ」

内腿が不規則に痙攣する。汗《あせ》ばんで張りつめたそこも、狼神の指が快感を煽るように撫《な》で回していた。

「ほら、こいつの口の中にいっぱい出しちまいな。さっきみたいに」

「ふああっ、ああっ」

じゅうじゅうと音を立てながらしゃぶられ、気が遠くなる。腰の震えが止まらなくなった時に、先端の蜜口を舌先で穿られた。

「くあ、あああぁぁあっ」

腰骨が痺れるような快感。そのまま吸い出すような舌の動きに、那桜はたまらずに白蜜を弾けさせた。

「あ、ああ…うう……っ」

激しすぎる余韻に、はあはあと息を喘がせていると、狼神が那桜の股間から顔を離し、ぐい、と手の甲《こう》で口を拭《ぬぐ》った。彼もまた那桜の放ったものをすべて飲んでしまったらしい。どうしてそんなことをするのだろう。

だが、そんなふうに茫然自失《ぼうぜんじしつ》に浸《ひた》っている暇《ひま》は那桜には与えられなかった。下から強く、ずうん、と突き上げられ、強烈な愉悦《ゆえつ》に揺さぶられる。

「ひ、ア、あああっ」

「俺もイかせてもらうからな」

「んあ、あ、ぐりぐり、したら…っ、あ…っ！」

虎城の先端が最奥の壁に何度も当てられた。感じすぎて逃げたいのに、体勢のせいでそれも叶《かな》わない。結局、彼の思うままに弱い場所を捏《こ》ねられる。そしてさっき達したばかりの肉茎をまた狼神に握られ、優しく優しく扱かれた。

「あっ、おかしく…っ、おかしく、なる…っ！　い、いく、イくぅぅう…っ！」

「ぐっ……！」

那桜が達し、後ろを強く締めつけ、虎城を道連れにする。肉洞に彼の精をたっぷりとぶちまけられ、下腹が満たされた。

「あ、あ…あぁぁ……っ」

全身が脱力《だつりょく》する。けれどこれで終わりではないということは、まだ萎《な》えない彼らのものを目の前にしてわかっていた。


「んあっ、ふあっ、んんうっ」

ずちゅずちゅと耳を覆《おお》いたくなるほどの音が部屋に響く。あれからもう何度交わっているだろう。那桜は彼らに代わる代わる犯《おか》され、その精を腹の中に受け止めていた。もう中に出されすぎて繋ぎ目から溢れ、内腿を伝ってシーツを濡らしている。那桜は今、横向きに寝かされ、その下半身に交差するように挿入されている。後孔に狼神のものが何度も出たり入ったりしていた。

「ああっ…、ああっ…！」

身体が熱い。燃え上がりそうだった。それは自分だけではなく、抱いている男達も同じである。彼らは最初こそ那桜を煽る余裕を持っていたものの、今は獣の欲を剝《む》き出しにし、ひたすら腰を打ちつけて精を放っていた。普段は髪の中に隠れていた狼と虎の耳が、はっきりと形を表している。それはおそらく自分も同じだろう。獣人は我を忘れると獣《けもの》の形態《けいたい》に近くなるのだ。

「ん、あ———〜〜っ！」

また中に出され、那桜もまた絶頂に達し、びくびくと身体を震わせる。また交代だろうか……、と思った那桜だったが、その時は少し違った。

「く…そ…っ！」

狼神は、はあはあと息を荒《あら》げ、何かに耐えているようだった。

「……っ？」

「あ、おい！」

虎城が制止するような声を上げた時だった。狼神は突然、那桜の首筋に食らいついてきた。

犬歯が肌に食い込む痛みと、そして快感。

「あ、あ――――！」

噛まれた。

アルファがオメガに対して行うその行為は、相手を自分の番にするためのものだった。噛まれた瞬間から、那桜は細胞《さいぼう》が書き換《か》わっていくのを感じた。びりびりと電気が流れるように、番のための存在となっていく。

だが那桜に降りかかった行為は、そこで終わりではなかった。狼神の行動を目の当たりにしていた虎城が、自分もまた、那桜の首に牙《きば》を突き立ててきたのだ。

「な、あ、ひぃ――――！」

信じられない出来事に、那桜は悲鳴を上げて瞠目する。

アルファの男二人に、ほぼ同時に噛まれた。またしても自分というものを形作る細胞が、二人の男の番となるべく変わっていく。

あまりの衝撃《しょうげき》に、那桜はそのまま意識を失った。

次に目が覚めると、那桜は広いベッドに一人で横たわっていた。最初は状況《じょうきょう》が呑み込めなかったが、すぐに全身の異様な怠《だる》さと節々《ふしぶし》に走る痛みで昨夜のことを思い出す。ふと気がつくと、シーツは新しいものに変えられており、身体も清められているのか、体液も拭き取られていた。

「っ…」

首筋に、ちり、とした痛みが走る。那桜は恐る恐る手で触れてみた。

(そうだ。確か昨夜)

噛まれたのだ。それも二人に。

(どうしよう)

それは、自分が彼らの番になるということだ。あの人達の。そんなことが許されていいものだろうか。

その時、部屋のドアが開くカチャリという音がしてハッとする。そちらを見ると、虎城が入ってくるところだった。

「あっ！」

彼は那桜が起きているのを見ると、慌《あわ》てて部屋から出て行く。廊下から「おい！　起きたぞ！」という声が聞こえた。おそらく狼神に言っているのだ。廊下を走るドタドタという音が聞こえてくる。那桜は思わず逃げようと身構えた。だが、今、自分は裸で、服も昨夜、破《やぶ》られてしまっている。

「気がついたか！」

最初に部屋に飛び込んできたのは狼神だった。彼らは今はシャツとズボンというこざっぱりした姿になっている。

「――――」

裸の那桜は、自分の周りにシーツをかき集めて身を強張《こわば》らせた。何を言えばいいのかわからない。だが、それは彼らも同様らしかった。

「……その…、大丈夫か。身体は」

狼神がどこか遠慮《えんりょ》がちに聞いてくる。まだ知り合って間もないが、那桜が知る彼は余裕のある大人の男という印象だった。なのに今はずいぶんと狼狽《うろた》えている。

「あ、はい……」

那桜の首には噛まれた痕《あと》がまだ熱を持っている。だがそれと筋肉痛以外は、気分はずいぶんよくなった。発情期のあの、もやもやと熱を纏《まと》った感じがなくなっている。ひとまずは発散できたということか。

首を噛まれたことは想定外だったが、もとはと言えば自分のフェロモンに巻き込んでしまったのが原因だ。責任は自分にある。

那桜はベッドの上で居住まいを正し、深く頭を下げた。

「――昨夜は本当に申し訳ありませんでした。すべて俺のせいです」

「顔を上げてくれ。君のせいじゃない」

虎城が慌てて言う。ちらりと彼らをうかがうと、逆に狼神が低頭した。

「謝るのは俺達のほうだ。取り返しのつかないことをした。本当にすまない」

「いえ、いいんです」

オメガにつられて発情した、いわゆるラット状態《じょうたい》のアルファに抱かれれば、こうなる危険性は充分にあった。

「知ってるかもしれないけど、俺達獣人は人間とは違って、同時に噛めば相手を番に出来る」

「はい…」

「君は俺達が番にしたってわけだ。その責任はとる」

虎城の言葉に、那桜は少しだけ胸を痛めた。彼らの番になる。それはきっと、夢のようなことだろう。でもそれはありえないことなのだ。

「いえ、その必要はありません」

責任などとってもらうつもりはない。自分がしでかしたことは、自分で始末をつけなくては。

「どうぞ番を解消してください」

番の解消はアルファのほうからしかできない。彼らは那桜をいつでも放り出すことができるのだ。そう言うと、彼らは驚いたような表情を浮かべる。

「そんなことをすれば、自分がどうなるのか、わかっているのか」

「わかっています」

アルファに番を解消されたオメガは、その後、発情を迎えたとしても抑制剤の効きが悪くなり、一生満たされぬ発情に苦しむと言われている。その絶望に自ら命を絶ってしまうオメガも少なくない。

「俺達にそんな残酷《ざんこく》なことをしろっていうのかよ」

「でも」

虎城の言葉に那桜は首を振った。いくら彼らの寝覚めが悪いといっても、そのまま成り行きで番にしてもらうわけにはいかなかった。

「――――どうだろう、那桜」

狼神が歩み寄り、那桜の隣《となり》に腰を降ろす。虎城もまた反対側に座った。

「このまま俺達の番としてここで暮らさないか」

「ええ？」

那桜は困惑《こんわく》して視線を落とした。こっそりと願っていたことが、叶おうとしている。けれどそれに手を伸ばしてしまってもいいのだろうか。

「俺達、身体の相性は悪くなかったろ？」

虎城に言われ、那桜は羞恥《しゅうち》に赤くなった。確かに彼の言う通りだった。発情期だったことを差し引いても、あの肌がぴたりと吸いつくような感覚は言葉では言い表せない。昨夜は何度達したのかわからないほどだった。

「でも、何もしないで置いてもらうわけにはいかないです」

そこまでしてもらう理由がない。彼らには助けてもらうばかりで、自分は何一つ返せない。迷惑をかけるばかりだった。

「じゃあ、こういうのはどうだろう。俺達はこのマンションの上にそれぞれ住んでいる。家の中のことをしてもらえるとありがたい」

狼神の提案に虎城が続ける。

「部屋の掃除と料理。食事は外食なんかも多いから、それほど負担ではないはずだ」

「やります」

那桜は即答《そくとう》した。自分にできるのはそれくらいだった。

「掃除は得意です。料理も、あまり豪華《ごうか》なのは作ったことがないですけど」

「素朴《そぼく》な家庭料理は好物だよ」

狼神に優しく言われて、思わず顔が綻《ほころ》んでしまう。

「決まりだな」

虎城は大事にする、と続けて、那桜の頬《ほお》に口づけた。狼神も反対側から口づける。

――本当に、彼らの番になってしまった。

「これまで、一人でいたから…、本当に番になれるのなら、嬉しいです」

思わずそう呟くと、彼らは一瞬黙《だま》り込む。何か変なことを言ってしまったかと顔を上げると、二人とも困ったように笑っていた。

「あまり可愛いことを言ってくれるな」

「また抱きたくなっちまうだろ。もう今日はしないよ」

さすがにまた行為をすると、すぐに失神してしまいそうだった。だがオメガたるもの、番の要望には応《こた》えなければなるまい。

「すみません。明日にはできるようになるかと……」

「無理しなくていい。初めてで俺達二人を相手にしたんだ。いくら君が獣人でも、相当、体力を消耗《しょうもう》したはずだ」

「まずは風呂だな。それから着替えて飯食って。あ、君の服は昨夜、俺達が破いちまったから、とりあえず俺の部屋着を着てくれ。後で服は買いに行こう」

そう言ってスウェットの上下を手渡された。礼を言って、風呂に入ることにする。とても広い風呂場だった。

身体の汚れをすっかり洗い流し、いい匂いのする入浴剤の入った湯に浸《つ》かると、生き返った心地がする。

――そういえば、あの家はどうすればいいのか。

かつて自分の家だった、今は他人が住んでいる家。戻りたいとは思わないが、両親の思い出のあるあの場所をあれきりにするのは未練《みれん》があった。なんとかしたいとは思うが、もうどうにもならないのだろうか。

（とりあえず、今は生活を整えることを考えよう）

図らずも彼らの番となってしまったのだ。少しでも役に立たなければ、いる意味がない。

気持ちを切り替えて風呂を出ると、脱衣所にコンビニで買ったとおぼしき替えの下着が置いてあった。恐縮《きょうしゅく》しつつもそれをつけて、スウェットに着替える。虎城が来ていたそれは大分、大きかった。

上がったらダイニングに来てくれと言われていたのでそこに行くと、食事の用意が調えられていた。

「あるもので悪いな」

「まあ、腹は膨れるだろ」

ミートソースのパスタとポテトサラダ、野菜のスープ。ミートソースには挽肉《ひきにく》がこれでもかと入っていた。

「つかこれ、ミートソースってよりはもう『ミート』じゃねえ?」

「別にいいだろう。俺達全員、肉食なんだから」

確かに狼と虎、そして狐ときたら肉食である。

「まあな。二日に一度は肉食わねえと、なんかしゃきっとしないよな」

食卓の上の料理を見た途端、那桜は自分がひどく空腹なことに気がついた。思い出した瞬間に腹が鳴って、慌てて胃の上を押さえる。

「すみません」

「作り甲斐《がい》があるよ。さあ、早く食べて」

「デザートもあるぜ」

席に着くと、冷たい麦茶まで出された。至《いた》れり尽《つ》くせりだ。

「いただきます」

手を合わせ、フォークを取る。肉沢山のミートスパゲティは涙が出るほどに美味だった。山盛りのそれを平らげてサラダとスープも胃の中に入れると、ようやく満腹になる。

「ごちそうさまでした。おいしかったです」

「それはよかった」

「ほい。食後のプリン」

銀色の皿に盛られたそれは黄色が濃く、どこか懐《なつ》かしい味だった。遠い昔に母親が作ってくれたものを思い出す。こんなに幸せな食事はいつぶりだろう。

「――――あれ」

気がつくと、涙がぽろりと零れていた。

「あ、なんか…、すみません」

慌てて涙を拭うと、向かい側から伸びてきた手が頭と肩を撫でる。彼らは何も言わなかったけれど、それがよけいに気遣われているように感じた。

番と言っても彼らにとっては事故《じこ》のようなものだろう。それなのに那桜を大事にしてくれようとする態度に、いけないと思いつつも嬉しいと思ってしまう。

いつか、本当の意味で番になれればいいと、那桜は願った。


その日から那桜の生活は一変した。

まず狼神と虎城からそれぞれの部屋の鍵《かぎ》を受け取る。狼神からキーケースも一緒に渡され、自分の部屋の鍵と彼らの部屋の鍵、三つがそこに並んだ。

彼らが会社に出勤すると那桜の一日が始まる。まず狼神の部屋に行って手際《てぎわ》よく掃除をする。とはいえ、彼らの部屋にはそれぞれロボット掃除機が常駐《じょうちゅう》しているので、那桜の仕事はそれほどなかった。それでも水回りの清掃などはきちんとやっているつもりだった。もともとが清掃会社に勤務していたのだ。掃除は不得意ではない。

次に料理だが、これは結局、那桜の部屋で一緒に食事することになった。つまり那桜は、自分の夕食の分を三人分作ればいいわけである。

仮にも会社経営をしている彼らに粗末《そまつ》なものを食べさせるわけにはいかないと思い、レシピを調べて凝《こ》った料理も作るようになった。だがそうすると、彼らは便利な調理家電を与えてくれたりするので、また那桜の仕事は楽になってしまった。

「俺達獣人だから多少食事は偏《かたよ》ってたりしてもいいんだけど、人間の姿をしている時のほうが圧倒的に多いんだから、バランスのいいもの食ってるほうが絶対いいんだよな」

「帰ってくれれば、温かい食事が用意されている。那桜に感謝だな」

たいしたものは作っていないのに、すごく褒《ほ》められているような気がして、逆に那桜は恐縮してしまう。

「そんなことないです。楽させてもらってるような気がして」

「労力をかければいいというものじゃない。効率は大事だ」

「そ。俺達、手作りのものじゃなきゃダメだなんていう、頭の固い雄《おす》どもとは違うからさ」

両親が亡くなってからというもの、那桜の人生は白沢の家族のためにあるようなものだった。同じ家事労働をするにしても、感謝などされたことはない。けれど今まで、そんなものかと思っていた。あの時の自分は確かに一人では生きていけなくて、育ててもらった恩《おん》というものがあるのかもしれない。けれどあの家では、那桜は安らぐことがなかった。

「どうしてそんなに優しくしてくれるんですか」

思わず聞いてみると、彼らは逆に驚いたような顔をした。

「番に優しくするのは当然だろう?」

「……ですかね」

通常の番ならいざ知らず、自分達は事故で繋がったような番だ。けれどそれを言うと怒られそうな気がして、那桜は否定《ひてい》も肯定《こうてい》もしなかった。だが彼らは手厳《てきび》しい。

「今、『事故で出来上がった番だし』とか思ったろ」

「……っ」

「君は存外顔に出やすい」

「……すみません」

那桜は恥ずかしくなって恐縮した。

「たとえそうであっても、狼神さんと虎城さんの番に相応しくなれるよう、努力します」

「だからそんな気負うことねえって」

「どんな関係でも、努力は必要だと思うんです。ありのままなんて、都合のいい願いですから」

「……まあ、一理あるが」

狼神が苦笑する。

「俺はありのままの君が見てみたいな」

「……そんなの、いいものじゃないですよ」

どこか他人を信じ切れないでいる。淫蕩《いんとう》な体質に逆らえない意志の弱さも嫌いだった。誰かに側にいて欲しいくせに素直に言えないし、本当の自分が何を考えているかだなんて、恥ずかしくてとても見せられたものではない。

「努力ってさ、片方だけがするもんじゃねえんじゃねえの」

虎城の言葉に、那桜は彼を見る。虎城は肉じゃがのじゃがいもに箸《はし》を突き刺《さ》しながら言った。

「君が努力するってんなら、俺達もしないと」

「弦の言う通りだな」

「お二人は必要ないかと」

那桜は慌てて首を振る。

「どうしてそう思う？」

「どうしてって……」

「相手に好かれたい、よく思って欲しいってのは、俺達も一緒なんだけど」

「――――」

那桜の鼓動が跳ねた。彼らが、那桜に好かれたいと思っているだなんて。嬉しいと思っているのに、それを受け止め切れない自分がいる。

「まあ、まだ始まったばかりだ。先は長い。ゆっくり行こう」

狼神はそう言うが、本当にそんなに長い間、那桜とつきあうつもりなのだろうか。

（そうだったら嬉しいな）

那桜が作った食事を美味《うま》そうに平らげていく彼らを前にして、那桜は幸せにも似た感覚を味わっていることに気づいた。

『今、何してる？』

次の日、那桜のスマホに狼神から電話が入った。

「虎城さんのお部屋の掃除が終わったところです」

『俺の部屋も終わり？』

「はい」

『そうか。ならちょっと出てきてもらってもいいかな』

「――え？」

狼神に呼び出され、那桜は何か用があるのだと思い、急いで指定された場所に行った。会社のビルにほど近いカフェで、カフェオレを飲みながら待つ。するとほどなくして狼神が現れた。一人だった。そして彼が店に入ってきた瞬間、周りの視線が自然と集まる。やはり魅力的《みりょくてき》な男なのだ。オーダーを取りに来た女性スタッフも、心なしか顔を赤くしている。

「やあ、急に呼び出してすまないね」

「今日は虎城さんは一緒ではないんですか？」

「あいつは急な出張が入ってしまって、今日は帰ってこないよ」

「そうなんですか」

それなら今夜の夕食は二人分だ。何を作ろうかと考えた時、狼神は言った。

「なので、今日は俺と出かけることにしよう」

「…え？　どなたとですか？」

ついまぬけな返答をしてしまうと、彼はやれやれという顔で言った。

「君以外の誰がいると言うんだ？」

「あっ…、す、すみません」

「俺が君を独占《どくせん》すると思って、あいつも悔《くや》しがっていたよ」

そういえば、狼神と一対一で対面するのは初めてだった。そう思うと急に意識してしまい、わけもなく緊張《きんちょう》してしまう。

「どこか行きたいところはある？」

「……ええと…」

急に言われてもすぐには思いつかない。それでも、特にないと答えてしまうと、彼をがっかりさせてしまうような気がして、那桜は必死で考えた。

「星を、見に行きたいです」

「わかった」

行こう、と狼神は伝票《でんぴょう》を持って立ち上がった。


少し急ぐよ、と言われて車に乗せられ、わけもわからないまま、どこかへ連れていかれる。

「どこに行くんですか」

「星の綺麗なところだ」

高速を乗り継ぎ、最初は戸惑《とまど》っていた那桜だったが、いつしかリラックスして流れる景色を楽しんでいた。こんなふうにドライブすることなんて、子供の時以来だった。

いつの間にか、うとうととして眠り込んでいると、ふいに肩を揺らされる。

「着いたよ」

ハッとして目を開けると、あたりはすっかり陽《ひ》が落ちていた。

「す、すみません、つい寝てしまって……！」

那桜がそう言うと、狼神はくすりと笑う。

「寝顔を独り占めさせてもらったよ。――それより、ご覧《らん》」

促されてフロントガラスから外を見ると、今まで見たこともない星空が広がっていた。かき集めた砂粒《さりゅう》を、群青色《ぐんじょういろ》の夜空にぶちまけたみたいだった。

「すごい……。ここ、どこですか？」

「長野の山奥」

「えっ、そんな遠くまで」

「そうでもないよ。三時間くらいだった」

外に出てみる？　と言われて、那桜は車を降りた。東京にいると外が真っ暗になるということがない。けれど今は、自分がまるで暗い宇宙に浮かんでいるようだった。少し怖《こわ》い、と思っていると、狼神が抱き寄せてくれる。

「俺達は夜目が利《き》くが、東京の明るさに慣らされてしまっているからな」

「……ほんとですね」

側で感じる狼神の体温。降ってくるような星空はここが特別な場所のように感じられた。

「俺達の先祖《せんぞ》は、この空を見て何を思っていたんだろうな」

まだ人の姿をとる前の獣人達は、言葉も持たず、その他の動物達と何ら変わりはなかったという。

「狼神さんは……」

「隆将でいいよ」

「えっ」

「名前で呼んで欲しいんだ、那桜」

呼ばれてどきりとする。星明かりに照らされた彼は美しい獣だった。那桜はそんな彼を、以前から遠くで見ていたのだ。

「隆将さんは、俺でいいんですか」

「……君を噛んだことに、責任を感じるなと？」

那桜は沈黙で返した。すると彼は苦笑するような表情をする。

「オメガを抱いたのは、君が初めてじゃない。甘いフェロモンを出す子も何人かいたよ。けれどそんな時も俺の頭の中はどこか冷めていて、噛みたいとは思わなかった」

自分でも驚いた、と彼は続けた。

「どうしようもなくなって噛んだのは、君が初めてだ。その時、俺は自分の本能に従うことにしたんだ」

「それは、俺が狐のオメガだから、では」

遠慮《えんりょ》がちに言うと、狼神は首を振る。

「関係ない。確かに君のフェロモンは魅惑的《みわくてき》だったが、それが理由じゃない」

「では、何が理由だったんですか」

いつもならばここまで突っ込んで尋ねたりしないと思う。けれど、こんな星空の中に浮かんでいるような状況だったならば、聞いてみたいと思った。

　すると彼は思ってもみなかったことを言う。

「運命、では？」

「運命？」

　それを聞いた時、那桜の頭の中にひとつの話が浮かんだ。番には運命の番というものがあるという。それは特別な結びつきで、一目会った瞬間から惹《ひ》かれ合うというものだ。だが、実際に巡《めぐ》り会えるケースはひどく稀らしい。

「俺達は運命の番とやらだと思っているんだが」

「虎城さんも？」

「まあ、そうだろうな。あいつも君を噛みたかったらしい。俺が噛むと慌てて自分も噛んできたからな。君はそうは思わなかったのか？」

「俺は……」

　自分はどうだったかと、考えてみる。彼ら二人の姿を初めて見た時、なんて眩《まぶ》しいのだろうと思った。彼らのフェロモンが薄《うす》く漂ってくる度に、心を躍《おど》らせたのを思い出す。

「わからない、です。でも、ずっと前から見ていました。あんな人達の近くにいられたら、幸せだろうなと」

「なんだ。早く声をかけてくれてたらよかったのに」

「無茶言わないでください」

那桜は思わず苦笑する。

「俺なんかが、お二人に声をかけられるわけがないです」

「……よく、わからないのだが」

狼神は怪訝《けげん》そうな顔で那桜を見た。

「贔屓目《ひいき》を抜きにしてみても、那桜は素敵な子だと思うんだが、どうしてそんなことを言うんだ?」

「ど、どうして、って……」

「鏡《かがみ》を見たことがないのか? 君はすごく綺麗だし、可愛い。少し頑《かたく》なところはあるが、素直で真っ直ぐな子だ」

ストレートに褒められ、那桜は思わず赤面した。彼は夜目が利くから、赤くなっているのがバレてしまうだろうか。

「そ、そんな……こと、言われたことないです。今の家族には、辛気《しんき》くさい顔だって言われてばかりで」

「それは嫉《ねた》みだろう。それに、彼らは君が魅力的だと都合が悪いんだ」

「そうなんですか?」

「君が自信をつけてしまうと、君から搾取《さくしゅ》しようとしている側にとって困ることになる。大人しく言いなりになってくれないからな」

「ああ…、そうか」

自分が魅力的かどうかはわからないが、狼神の言うことは納得できるような気がした。

「本当にそうなら嬉しいです。本当に運命だったなら」

「そうに決まっている」

狼神は那桜を正面から抱きしめた。彼の胸元から感じるアルファのフェロモン。それを吸い込むと、頭の芯《しん》がくらくらした。

「んん…っ」

熱い唇が重なってくる。那桜が唇を薄く開くと、肉厚な舌がするりと割り込んできた。敏感《びんかん》な粘膜《ねんまく》を執拗《しつよう》に舐め上げられて、身体中がぞくぞくする。気持ちがよくて涙が溢れた。

「ふ…、キスだけでそんな顔になるのが可愛いな」

「あ…、だっ、て」

気持ちいい。身体中がじんじんしてくる。那桜の全身からアルファを誘惑するフェロモンが立ちのぼった。狼神の喉が鳴る。

「……本当なら、ホテルか旅館をとるべきなんだろうが」

狼神は車のドアを開けた。

「俺が我慢できそうもない」

彼は那桜の腕を引くと車に乗り込み、ドアを閉めた。

「は、あ…あ」

くちょ、くちょ、と音がして、舌先が絡まり合う。星明かりだけの暗い車内に、互いのフェロモンが混ざり合い、狼神と那桜はめいっぱい倒したシートの上で絡み合っていた。那桜の大きく開かれた脚が、ダッシュボードの上にひっかかっている。

「…あ、あぁ…んん」

衣服の上から互いの股間《こかん》を擦り合わせられると、彼のものが固く隆起《りゅうき》しているのが布越しでもわかった。

「…ふ、これではお互いにキツいな」

那桜のジーンズに手がかけられ、前を開けられる。大きな手がそこから入ってきて、下着の上から股間をくにくにと揉みしだかれた。

「あ、ふあっ！　だ、だ…め…、よ、よごれ、る…う」

那桜のものはすでに先端から愛液を滲《にじ》ませている。それ以上されると出してしまい、下着の中がとんでもないことになるのは必定だった。

「なるほど。では、脱いでしまおうか」

「！　あっ……！」

下半身の衣服が下着ごとずり降ろされ、突然、下肢が心許《こころもと》なくなった。突然襲ってきた強い羞恥に、那桜は思わず脚をばたつかせる。

「こら、おとなしくしないか」

そんな那桜の抵抗も、狼神は易々《やすやす》と押さえつけてしまう。那桜は逆に恥ずかしい格好にされて、その無防備《むぼうび》な部分を狼神の前に晒《さら》すことになった。

「舐めてほしそうにしている」

「あ…っ、んぁあんっ！」

そそり勃ったものを口に含まれ、那桜のものは熱い舌に絡みつかれる。途端に腰骨が甘く痺《しび》れるような快感が襲ってきた。

舌全体でねっとりと擦られた後、強く弱く吸われる。そうされると、身体の芯が引き抜かれるように、たまらなくなるのだ。

「うう、あっ…あっ」

耐《た》えられずに腰が浮く。

「気持ちいいか」

「あ、は、ああっ…あっ、い、いい…っ」

すぐに淫らな気分になってしまって、はしたない言葉を垂れ流してしまうのが恥ずかしい。けれど一度火がついてしまうと、我慢なんかできなかった。那桜は横たわっているシートの縁を強く握りしめながら背中を反らす。

「どこが一番気持ちいい？」

そう言って、狼神の舌がゆっくりと肉茎全体を這い回った。那桜はその度に腰を浮かせ、びくびくと全身をわななかせる。

「あ…っ、あ…っ！　そ、こ、うらがわ…っ」

「ん…？　ここか？」

彼の舌が裏筋を何度も舐め上げていった。ぞく、ぞく、と快感の波が背中を這い上がっていく。思考が白く染まっていった。

「ひ、ぁ…あっ」

下から上へとのぼってきた舌先が、先端の切れ目の部分をくすぐっていく。耐えられずに腰ががくがくと揺れた。

「こら、おとなしくしていろ」

「んんあっ、だ、だって、こんなの、我慢、できな……っ」

「悪い子だな」

笑いを含んだ声で言って、狼神は那桜の肉茎をすっぽりと口に含んだ。そしてお仕置きだと言わんばかりに、きつく舌を絡めてしゃぶり上げてくる。

「んんあぁっ、あ、あっ、～～～～っ！」

車の中に那桜の絶頂の声が響く。びくん、びくんと身体を波打たせながら、那桜は彼の口の中へと白蜜を吐き出したのだった。


「ん、あ…っ、あ、や、あぁっ…あ」

那桜は下半身から断続的に込み上げてくる快感に喘いでいた。狼神の口淫はまだ止《や》まず、更に二本の指で、後孔を執拗にかき回されている。

「ふあ、あ……っ、あうう」

前と後ろに同時に与えられる快感に、どうしたらいいのかわからない。下腹の奥がずくずくと疼いて、指ではなく、もっと太く長いものを欲していた。

「あ、う、も…、もう、もうっ」

もう許して、と那桜は哀願《あいがん》する。はやくその猛々《たけだけ》しいもので入り口をこじ開けて来て欲しい。奥を突いて欲しい。そんな欲求が体内を駆《か》け巡《めぐ》って、今にも破裂《はれつ》しそうだった。

「もう…、何だ？」

「ああああっ」

先端の小さな蜜口を舌先で弄《もてあそ》ばれ、那桜は嬌声《きょうせい》を上げる。もう駄目《だめ》だ。はやく、はやく。

「い、いれ…て。来て、ください、なか…っ」

意味不明ともとれる言葉ばかりが口から漏《も》れた。わかって欲しいと、後ろにある彼の指を強く締めつける。狼神のものは服の布地を押し上げんばかりに昂《たか》ぶっていて、彼だって早く挿《い》れたいはずだ。それなのにどうして那桜を焦らすような真似ができるのか。

「ああ。俺も限界だ」

狼神は額に汗しながら自身の前を寛《くつろ》げ、それを取り出す。

「あ……っ」

聳《そび》え立つ偉容《いよう》を目にして、内壁がひくひくと蠢《うごめ》いた。狼神のそれが柔らかく綻《ほころ》んだ入り口に当てられる。肉環をこじ開けられ、ずぶずぶと肉をかき分けるようにして押し這入《はい》ってきた。

「んっあっ、あああぁあっ」

挿入の衝撃に那桜は絶頂に達してしまう。そり返った肉茎から白蜜が弾けた。それでも挿入が止まることはない。

「んぁあぁああ…っ」

達している間も続けられる抽送《ちゅうそう》に、強烈な快感を覚えた。ひくん、ひくんと腰を痙攣させながら、力の入らない腕で男の背中を抱く。

「那桜……」

「ん、うぅんんっ……」

口が塞がれ、舌を搦《から》め捕《と》られた。くらくらと目眩《めまい》にも似た感覚に包まれる。那桜は恍惚としながら、夢中で彼の舌を吸い返した。ゆっくりと腰を動かされる度、絡ませた舌がぴくぴくと震える。

「奥が好きなんだったな」

「ふああっ」

ぐん、と腰を進められて、内奥をぴっちりと埋《う》められた。その充足感《じゅうそくかん》に涙が溢れる。そして彼の先端が『そこ』に当たると、身体中が痺れるような快感が込み上げるのだ。

「んぁぁああぁ……っ、あっ、あー…っ」

「ぐりぐりされると気持ちがいいんだろう？」

その通りだった。男根の先端が最奥の壁を執拗に捏《こ》ねる度にイきそうになる。そして狼神は、そんな那桜の状態を知っていて腰を引き、また深く沈めるのだ。

「あ、あ――…っ、ああぁぁあっ」

何度も奥を突かれ、震えが止まらなくなる。

「ひ、い…っ、ぁあっ、あっ、ゆ、ゆっくりは…っ、んあぁぁ」

オメガ故《ゆえ》にぬかるんだ肉洞を力強く、ゆっくりと抉《えぐ》られると、気が遠くなりそうだった。背筋を快楽《かいらく》の電流が何度も舐め上げていく。

「んあっ、あっ、くうぅうんっ……、ああっ」

「……那桜」

自身も息を荒げながら、狼神が那桜を呼んだ。上半身の衣服を胸の上までたくし上げられる。

「ここを自分で弄るんだ。今日は俺一人だからな」

「ふあっ」

両手を取られ、指先を胸の上に置かれる。乳首を弄れと言われているのだ。

「そん…な、あっ」

そんな恥ずかしいことはできない。そう言いたいのに、今の那桜は抗うことが出来ない。言われた通りに指先で突起を転がすと、痺れるような快感が走った。

「あ、はぁあ…あ」

自分でしているとは思えないほどに感じてしまう。那桜は身悶《みもだ》えしたまま、後ろを突かれ、乳首を自分で可愛がるという恥ずかしい様を晒した。

「あ、ア、いく、もう、イく……っ！」

絶頂の予感が容赦《ようしゃ》なく這い上がってくる。那桜は全身を仰け反らせ、体内の狼神をきつく締め上げながら極めた。

「あっあっ、んぅあああぁあぁっ」

那桜の肢体が硬直し、次にびくんびくんとわななく。腹の奥で爆発《ばくはつ》した快感にあられもなく淫らな声を上げた。それと同時に、狼神も道連れにする。

「ぐっ……！」

「んあっ、あっ！」

肉洞にぶちまけられる白濁の感触に、またイってしまった。なかなか引かない快楽の余韻《よいん》の中、狼神がまた口づけてくる。

「那桜、可愛い」

「んんう…っ」

何度もキスしてくれるのが嬉しかった。愛情のようなものを感じてしまう。少しは気にいってくれていると思いたいが、うぬぼれじゃないだろうか。

うっすらと開いた瞳の中、狼神の肩越し、フロントガラスの向こうに満点の星々が見える。潤《うる》んで滲んだ視界越しに見えるそれは、本当に白い帯を流したように見えた。

「やるんじゃないかと思ってたが、本当にやりやがったな、この野郎」

「予想してたんなら問題ないじゃないか」

「お前って昔っからそういうとこあるよな。しれっとおいしいところ持ってくの」

負のオーラを撒《ま》き散らしながら、恨《うら》みがましそうに虎城が呟く。朝食のテーブルが一触即発《いっしょくそくはつ》の気配になりそうなのを、那桜はハラハラしながら見つめていた。

「俺が仕事していた時に、お前らはよろしくやってたのか。俺一人だけ仕事してた時に」

「すみません虎城さん。俺が隆将さんに星が見たいって言ったばかりに」

「君は悪くないよ」

「そうだ。那桜ちゃんは悪くない、こいつが悪い」

虎城は狼神を指差した。

「しかも、いつの間にか名前で呼ばせてんのかよ」

「お前も名前で呼んでもらえばいいだろう」

狼神が澄《す》ました顔でコーヒーを口に運ぶ。

「そうだな。俺も名前で呼んでもらう。いいよな、那桜ちゃん」

虎城は勢いよく那桜に視線を向けた。その様子にちょっと引きながら、那桜は首を傾《かし》げる。

「はい…。ええと、弦、さん……？」

その瞬間、狼神がぷっと吹きだした。当の虎城もなんだか複雑な顔をしている。何か間違ったことをしただろうかと、那桜は不安になった。

「お前、人の名前笑うの失礼だからな」

虎城は狼神に文句を言った後、那桜に向き直る。

「呼び捨てにして欲しいな」

「え？　でも、けっこう年上ですよね」

「俺、二十九。こいつが三十一」

「呼び捨てになんてできませんよ」

「いいの！　呼び捨てて欲しいんだよ！」

「弦さんだと、ちょっと楽しい感じになるからな」

「うるせえよ」

虎城の言うこともわかるような気がした。

「虎城さ…、弦、がそういうなら」

「うんうん」

かなり努力して呼び捨てにしたのだが、虎城は妙《みょう》に満足げに頷く。

すると、那桜に呼び捨てにされた虎城を羨《うらや》ましく思ったのか、狼神までもが追従してきた。

「俺も呼び捨てにしてくれないか」

「ええ!?　出来ませんよ」

「何故《なぜ》だ。弦がよくて俺はダメなのか」

少し拗《す》ねるような狼神の様子に、那桜は困惑してしまう。だがこれは、どうしても呼び捨てにしなければいけないような空気だ。しかし、彼らはどうして、こんな子供みたいなことで張り合うのだろう。

「わ、わかりました」

「呼んでみてくれ」

「……隆将」

ためらいがちに年上の男を呼び捨てにすると、狼神はハッと何かに気づいたような顔をした。

「これは…いいな」

「だろ?」

そしてまた意気投合する二人を見て、那桜は二人がわからなくなる。何やら那桜が理解できないところで意思疎通《いしそつう》しているようだが、実際、彼らは付き合いも長いようだし、気心が知れているのだろう。そんなところは少し羨ましいと思った。

「お二人は、いつからつき合っていたんですか?」

那桜がそう尋ねると、二人とも途端に微妙《びみょう》な顔になる。

「何か変なことを言いましたか?」

「いや…、つき合っているとか、薄ら寒いことを君が言うから」

「ただの腐《くさ》れ縁《えん》なんだよなあ」

「学生の時に、たまたま馬が合って、ビジネスパートナーとしても適格そうだったから、友人として一緒に働いているだけだよ」

「周りに獣人があんまいなかったからな」

なるほど、と那桜は思った。獣人のアルファなんて、周りの、特に人間からすれば、近寄りがたいことこの上ないだろう。同等の能力を有していた彼らが、自然と交友を深めるのも無理はない。だが彼らの間には、確固《かっこ》たる信頼関係が結ばれているように見えた。

「親友なんですね」

「まあ…、そういう感じになるのかね？」

「単なる悪友だろ」

「確かに、一人のオメガを共有しているなんて、悪友同士にしかできないかもな」

「そういうこと」

二人は共犯者《きょうはんしゃ》のような顔をした。彼らはタイプは違えど、それぞれにとても魅力的な男だった。そんな彼らが那桜を番にしている。未《いま》だにその事実には慣れない。

「――――てことで、今度は俺の番だからな」

「やむを得ないな」

狼神が不承不承《ふしょうぶしょう》という感じで答えた。

「那桜ちゃん、次は俺と二人で出かけよ」

「あ、はい、どこにですか？」

虎城はにやりと笑った。

「んー、楽しいとこ」


虎城は買い物がしたかったのか、那桜を銀座《ぎんざ》に連れて来た。最近、新しく出来たという複合商業ビルに入る。

「服でも買うんですか？」

「そうだよ」

「こ…、弦は背も高いしスタイルもいいから、何を着ても似合うからいいですね」

「サンキュ。でも今日は俺の服じゃねえよ」

「え？」

「那桜ちゃんの服」

それを聞いて、那桜はびっくりした。

「服ならもう、買ってもらってますよ！」

那桜がほとんど着の身着のままで白沢の家族の元から逃げ出して来たので、着替えを用意する必要があった。彼らは那桜の着替え一式を用意してくれ、Tシャツもジーンズもパーカーもジャケットも、クローゼットにぶら下がっている。

「あれは普段着だろうが」

「普段着で充分です」

「いや、そういうわけにはいかねえんだよな」

エスカレーターで上を目指しながら、虎城は那桜に告げた。

「来月、那桜ちゃんとあいつが抜け駆《ぬが》けして行った長野のほうで、知り合いのパーティーがあるんだよ。それに着ていく服を買わねえと」

「何で俺の服が必要なんですか」

「那桜ちゃんも一緒に行くからに決まってんじゃん」

「――――え?」

今、何か聞き捨てならないことを聞いたような気がする。

「どうして俺が一緒に行く必要があるんですか⁉」

彼らの知り合いならば、きっと彼らと同じようなレベルの人達だろう。そんな中に那桜が一人紛《まぎ》れ込んだら、場違いに決まっている。

「む、無理です。そんなの」

「何で？」

「笑われます。きっと。俺なんか連れていったら」

彼らに恥《はじ》はかかせたくない。那桜はその思いで、頭がいっぱいになる。自然と足も止まってしまった。

「那桜ちゃん」

「もし仕事関係の人も来るのでしたら、お二人の今後に影響《えいきょう》があってもいけないですし……」

ネガティブな想像ならいくらでも出来た。自分が彼らの番として、行っていいとはどうしても思えない。

「こないだ、俺達が言ってたこと覚えてるか。鏡見てみろって」

「え、はい……」

「ああ…、でも、自己肯定感《じここうていかん》が死んでいるのか」

厄介だとでも言いたげに、虎城は那桜を見つめた。

「お前は綺麗で可愛いって、何度言ったら信じてくれるんかね」

「……」

オメガは大体が美形だと言われる。アルファを誘惑するためだ。だが那桜は白沢の家族から、さんざん冴《さ》えない、パッとしないと言われ続けてきたのだ。

「そんなんさ。お前の自信を挫《くじ》くためだって。決まってんじゃん」

「どうしてそんなことを？」

「多分、ベータの姉のためと、お前が俺達みたいなアルファと番になって、自分達の悪事が断《だん》罪《ざい》されるのを防ぐためなんじゃないか」

そういえば、あの家はどうなっただろう。実の両親と暮らした家であるので、できることなら取り戻したい。だがそのための方法がわからないし、正直言えば、もうあの家族とは会いたくなかった。

もしかしたら、彼らの力を借りれば、それが可能なのかもしれない。だが那桜はこれ以上、彼らに頼りたくはなかった。

「どうした？」

ふいに黙り込んだ那桜を、虎城が怪訝そうに見つめてくる。

「なんでもないです」

エスカレーターは、どうやら目的の階に到着したらしかった。

「ま、いいけど。――――こっち」

虎城についていくと、フロアの一画の壁紙が、落ち着いたブラウンとネイビーブルーになっていた。ショウウィンドウに飾られたマネキンに、かっちりとしたスーツが着せられている。

店の中には落ち着いた女性のスタッフが、首からメジャーをかけて仕事をしていた。

「こんにちは」

「あら、虎城様。いらっしゃいませ」

ここはスーツを売っているところだろう。それも、『スーツ売り場』ではなく『テーラー』というところだ。

「今日は彼にスーツを見繕《みつくろ》って欲しくて、シャツとネクタイもいくつか」

「えっ」

こんな高そうな店で？　と那桜は慌てた。店員の女性は、那桜を頭から足まで素早《すばや》く検分《けんぶん》すると、にこりと笑みを浮かべた。

「かしこまりました。では、採寸《さいすん》いたしますのでこちらへ。虎城様はこちらにお座りくださ い」

「げ、弦」

那桜は呼び慣れない虎城の名前を呼ぶ。

「大丈夫だから。かっこいいの選んでもらえ」

これは拒否《きょひ》できない感じだ。那桜はひたすら恐縮しつつ、全身を採寸される。虎城は椅子《いす》に腰掛けて、楽しそうにそれを眺めていた。

「今回はあんまり時間ないから、セミオーダーでいいや」

「承知《しょうち》いたしました。お似合いになりそうなのがいくつかございますよ」

女性はそう言うと、何着かのスーツを持って来て、那桜と虎城に見せる。

「いかがでございましょう？」

那桜は虎城を見やる。彼は那桜に頷いてみせた。

「この中だと、これかな……」

那桜が指したのはグレーのスーツだった。

「じゃあそれと、あとこっちのネイビーのストライプのやつね。とりあえずこの二着で作ってくれ」

「かしこまりました」

二着も⁉　とあたふたする那桜を尻目に、虎城は出来上がったら届けてくれるように頼んで店を後にした。

「あの、いいんですか二着も」

「とりあえずな。また必要になったら作るから。今度はフルオーダーも」

那桜は目眩がしそうになる。

「とてもありがたいし、嬉しいですけど、俺なんかにそんなにお金をかけるのは、もったいないです」

「かけさせてくれよ。俺も隆将も、初めて出来た番なんだ。浮かれてんだよ」

「――――」

彼らは、ちゃんと那桜を番として扱ってくれるつもりなのだ。いつまでも事故のようなものだから、とこだわっているのは自分だけなのかもしれない。

「さあて……、これで用事は済んだな」

「じゃあ、帰ります？」

「冗談だろ。せっかく二人きりだってのに」

虎城はこれからが本番だというように、うきうきと那桜の肩を抱いた。


「それで、ここはどこなんですか？」

「ラブホ」

那桜の問いに、虎城はあっけらかんとして答える。

虎城と那桜は今、ホテルの一室にいた。こういうホテルには来たことがないが、意外と普通のホテルと変わらないように見えるのだな、と思う。

「そういうことじゃなくて、どうしてラブホに？」

「ん？　エッチするためだけど？」

虎城がバスタブに湯を溜めながら答えた。

まだ昼間だというのに、こういう場所に連れ込まれて、那桜はやや呆《あき》れている。その視線を受けた虎城が、どこか拗ねたような表情でぼやいた。

「だって仕方ねえじゃん。お前は星を見たいだなんてロマンのあること言ってくれねえし」

「あ、あれだってそういうつもりでは……」

「まあそうだろうな。お前は多分そういうタイプじゃねえもん」

虎城の言葉に、那桜はふと彼を見詰める。

「狐のオメガなんて、エロいことに関しちゃ、これ以上はねえってくらいのスペックなのに、これまで発情期も薬飲んで、じっと耐えてたなんてな」

「……隆将さんは、運命じゃないかって言ってました」

「へ？」

「運命の番……とか」

虎城がきょとんとした顔でこちらを見ているので、那桜は自分がひどく恥ずかしいことを言ってしまったのではないかと感じる。

「すみません、変なこと言――――」

「あー、なるほどね、そうか」

虎城は突然、納得したような声を出した。

「運命の番ね、だとしたらいろいろと腑《ふ》に落ちるわ」

「そうなんですか？」

「うん。今までセックスはけっこうしたけど、射精《しゃせい》はしても誰も噛みたいと思わなかったからな。多分、待ってたんだわ、お前のこと」

「……」

彼も狼神と同じことを言う。

「お前はそういうふうに思わなかった？」

「俺、は……」

那桜は彼らと違って、これまで誰とも行為をしたことがなかったので、比較対象がない。そのために、これが運命の相手だから起こりえることなのか判断が難しかった。

けれど彼らを遠くから見かける度に、どうしようもなく目が離せなかったことは覚えている。

他人にこんな感情を持ったのは初めてだった。

「あと身体の相性がもう信じられないくらいなんだよなー。お前に比較対象がなくても、俺達とのセックスがすげえイイってのはわかるだろ？」

「……」

那桜はこくん、と頷《うなず》く。自分が彼らとの行為でどれだけの痴態《ちたい》を晒しているかということは、さすがに自覚があった。

肉体が心から熔《と》けてしまいそうな快感と熱。この世にこんな感覚があったのかと思うほどの恍惚。それは彼らがいなければ知らないままだった。そしてそれがよすぎて、少し怖いとも思っている。

「よし溜まった。入ろうぜ」

虎城が蛇口《じゃぐち》を止めながら言う。

「え、一緒に？」

「当たり前だろ。ほら、脱いで脱いで」

「ちょっ…」

有無を言わさずに服に手をかけられ、「はい、バンザーイ」などと言われて脱がされてしまった。次に勢いよく衣服を脱ぎ捨てた虎城の裸体《らたい》は、狼神よりやや厚みに欠けるものの、素晴らしく均整のとれている男性的な肉体だった。

「おいで」

腕を伸ばされ、その胸の中に引き込まれると抗えない。那桜はそれだけで、身体の内側がとろりと濡れてしまうのを感じた。


「ん、は…あ…」

何度も口を吸われ、乱れに乱れた呼吸が浴室に響く。くちゅ、くちゅ、という卑猥《ひわい》な音は、もう身体のどこから出ているのかわからない。

那桜は浴室の壁に押しつけられ、お互いに泡《あわ》まみれになった身体で絡み合っていた。

「う、んっん…っ、ああ……っ」

下半身が密着して、身体の間でそそり勃っているものが擦れ合う。虎城の手でそれを一摑《ひとつか》みにされて腰を動かされた。

「あ、ん――…っ」

「はー…、すげぇぬるぬるしてる」

虎城のものの熱さに犯されているような感じがする。裏筋を刺激され、足の爪先《つまさき》まで甘い痺れに浸《ひた》された。那桜もまた我慢できなくて、腰を突き上げるように揺らしてしまう。

「これ、気持ちいい？」

「ん、くぅ…んん、あ、きもち、い…っ」

自分の声が浴室に反響《はんきょう》した。強い羞恥が興奮を煽る。淫らな言葉を発すれば発するほど感じてしまうのだ。そして快楽に弱い性質を持つ那桜は、それに逆らえない。

「じゃあ、自分で動いてごらん」

そう言って虎城はぴたりと動きを止めてしまった。

「あっ」

那桜は思わず名残惜《なごりお》しげな声を漏らす。それまで与えられていた快感を急に取り上げられて、腰が震えた。

「や、そんっ…な」

「俺に見せてよ。那桜ちゃんのやらしいとこ」

耳に熱い囁きを注ぎ込まれて、背筋がぞくぞくとわななく。

「見せてくれたら、この後で、うんと気持ちよくしてやるから」

「……っ」

そんなことを言われたら従わざるを得なかった。那桜は喉を反らしながらゆっくりと腰を動かす。ぬる、ぬる、と虎城のものと擦れ合う度に、総毛立《そうけだ》つほどの刺激が襲ってくる。

「あ、う…っうう…っ」

「いいね…。上手、上手」

褒められ、ご褒美のように口を吸われ、那桜の腰が止まらなくなった。細かい痙攣が下肢に走り、強い絶頂感が込み上げてくる。

「あ、い…く、イくっ…！」

「いいよ。俺も…、イきそうだ」

彼は二本の性器を一纏《ひとまと》めにした手を、強く握ったり緩めたりして調整していた。そして仕上げとばかりに自分も腰を動かす。快感がより激しくなった。

「んん、あっ！　あああっ！」

「く、――…っ」

虎城が達するのを待たされていた那桜は、ようやっと訪れた極みに身体中を震わせる。びゅるる、と音がしそうなくらいの勢いで二人分の精が噴き上がった。強烈な絶頂感に頭の中が沸《ふっ》騰《とう》しそうになる。

「ひ、う…ぅう……っ」

「たくさん出しちまったな」

涙の滲んだ目尻に熱い舌先が這っていった。虎城はシャワーを出すと、互いの身体についた泡を手早く洗い流していく。

「じゃあ約束通り、気持ちいいことたっぷりしてやるから」

イったばかりで力が抜けそうになっているところに、そんなことを告げられて、那桜はがくがくと膝を震わせながら、必死になって虎城にしがみついていた。


那桜はベッドの上でうつ伏《ぶ》せにされ、高く上げた腰を虎城に向けていた。両手は力の入らない指で必死にシーツや枕《まくら》を鷲《わし》づかんでいる。

「あ…っ、あっ、んあぁぁあ…っ」

那桜の背後にいる虎城に指を二本、後孔に挿入されていた。自ら潤《うるお》う内部を優しく捏《こ》ね回され、時折《ときおり》、弱い場所を強く押し潰《つぶ》される。その度に腰が砕《くだ》けそうな快感が訪れ、背中を大きく反らすのだった。

そして前のものも虎城に握られ、根元から先端までを扱かれている。先端を指の腹でくにくにと弄られて頭が真っ白になった。

「後ろと前、一緒にされるとダメなんだよな?」

「あっ、はっ…、ひ、ア、それ、ああ…っ」

下半身からはくちゅくちゅと卑猥な音が響いている。後ろも前も、愛液でずぶ濡れになっていた。

「あ、あぁあ、い、イく…っ、また、いくぅぅ……っ」

那桜はベッドに上げられてから二度ほど極めていた。後ろも前も気持ちがよくて、快感を我慢できない。虎城の指戯《しぎ》は巧《たく》みだった。那桜は自分でも知らなかった弱点を教えられ、ただ快感に啼泣《ていきゅう》するしかない。

「またイく? いいぜ。いっぱいイけよ」

「んぁあっ、あっ、ああ──…っ」

また。中の泣き所を刺激され、じゅわあっ、と快感が広がる。同時に前も強く扱かれて、那桜はたまらない絶頂に達した。虎城の指をぎゅううと締めつけ、前からは白蜜を弾けさせる。

「あ…っ、あ――…」

身体中がじんじんしていた。とうに自分の身体を支えられず、上体をがくりとシーツに伏してしまう。けれど次の瞬間、また彼の指が中で動き出すのを感じた。

「あっ、あっ、もうっ…！」

「んん？」

それと同時に前のものも、ぬるりと扱かれる。腰から下が熔けてしまいそうな感覚を得た。

「も、もう、それ、や…っ、弦のが、欲し……っ」

那桜の肉洞は、さっきからひっきりなしに収縮して、熱く脈打つものを求めていた。この腹の中を、逞《たくま》しいもので貫《つらぬ》かれたい。

「ゆび、でいじめるの、もうやだ…っ、ここ、に、いれて……っ」

感じすぎて、たどたどしい口調で必死に訴えると、那桜の中から指がずるりと引き抜かれた。

「んあ…っ」

「反則だな。なんでそんなにおねだりが上手いんだ？」

上体を抱き上げられ、虎城の膝の上に乗せられる。そのまま対面で挿入されるものと思っていた那桜だったが、そのまま彼は横たわってしまった。

「え……っ」

「自分で挿れてみなよ」

そんな、と那桜は虎城を見つめる。だが彼は熱っぽくぎらついた瞳で、楽しそうな表情を浮かべていた。許しは期待できそうにない。

那桜は覚悟を決め、腰をそっと上げた。その下に彼の剛直を確認すると、はあ、はあ、とはしたなく呼吸が乱れてしまう。自分の後孔がひっきりなしに収縮しているのがわかった。那桜は両手で虎城の腹に手をつくと、血管を浮き上がらせて聳《そび》え立つ男根に、自分の腰を落としていった。その先端によって、ぐぷ、と肉環が広げられる。

「う、あ…っ」

腰から背中にかけて、ぞくぞくと快楽の波が這い上がった。

(すごい、いい)

「ゆっくりでいいぞ」

虎城は乱暴《らんぼう》に腰を突き上げたりしない。那桜の太腿から腰にかけて優しく撫で上げてくれる。だがそれが、那桜にとってはかえってつらいのだ。

「だ…め、あっ、ちから、抜けて……っ」

上体を支えていられず、那桜は自重のまま、ずぶずぶと虎城を呑み込んでしまう。そして充分に解れ、濡れていた那桜の肉洞は、容易くそれを受け入れるのだ。

「あ…あ、あぁぁあ――～～…っ」

一気に内奥を拡げられる感覚に、那桜はそれだけで達してしまう。頭の芯が甘く痺れ、身体が浮き上がるようだった。

「…っと、大丈夫か?」

虎城は優しく声をかけ、那桜の腰を支えてくれるが、許してくれる気配はない。そして那桜もこれだけで終われるはずがなかった。まだ震える腰を上げ、ぬぷ、ぬぷ、と音をさせながら上下させていく。

「う…っ、あ、あ、あ」

長大なものがヒクつく内壁を擦ってゆく。それは泣きたいほどの快感を那桜にもたらした。

「いいぞ…、好きに喰ってけ」

「んん、あっ、はっ、ああ、あうう…っ」

大きな掌《てのひら》が那桜の尻を摑み、強くもみしだかれる。そうすると中で彼の男根がごりごりと擦れて、思わず仰け反ってしまうのだ。

「ひ、ぃ…ああっ」

身体が燃え上がりそうだった。虎城も下からゆっくりと突き上げてきて、脳天まで快楽に貫かれる。

「気持ちよさそうじゃね?」

「あっ、あっ、いいっ……、いい…っ!」

那桜が次第に感じすぎて動けなくなっていったので、虎城の律動が段々と大きくなっていった。ぐちゅん、ぐちゅんと抽送音が響き、その繋ぎ目は摩擦《まさつ》で白く泡立っていた。

「んんっ…、くうう――…っ！」

「っ……」

那桜はその間も何度か達して、虎城を強く締めつける。身体中が燃え上がりそうで、じんじんしていて、今にもどこかへ飛んでいってしまいそうだった。

「悪い、ちょっと我慢できねえ…っ」

「んあっ、あああぁっ」

ふいに腰骨を強く摑まれ、下から小刻みに突き上げられる。弱い場所に容赦のない責めを受けて、那桜の思考が白く濁《にご》った。

「ふあ、ア、――――～っ、～～っ！」

めいっぱい背中を反らし、声にならない声を上げて那桜は達した。体内の虎城を思い切り締め上げて道連れにし、肉洞に飛沫が叩きつけられる。

「んああっ、あっ！　で、出て…っ」

下腹が熱い精に満たされていった。その感覚にもまた達してしまい、那桜は今度こそ力尽《つ》きて、彼の身体の上に倒れ込んでしまう。

「は、はあ、は……っ」

まだ呼吸も整わない中、強引に顔を上げさせられ、口を塞がれた。熱く絡みついてくる舌に

として、その舌を吸い返すのだった。

大きな掌が汗ばんだ背中や腰を撫でていく。そんな仕草にも小さく震えながら、那桜は恍惚

「ん、ううぅんっ……」

甘く呻《うめ》く。

オーダーしたスーツが出来上がり、那桜《なお》はそれを持って彼らと長野のほうにあるホテルへと連れられていった。

「俺達獣人《じゅうじん》の気の置けない奴らの集まりさ。那桜も獣人だし、みんな仲間に入れてくれるよ」

「那桜ちゃんのこと、紹介しときたいしな」

向かう車の中で彼らはそんなふうに話す。那桜は後部座席で少し緊張《きんちょう》していた。

那桜は両親と死に別れてから、周りに獣人がいない環境《かんきょう》で育った。人間の中で成長し、白沢《しらさわ》家との関係もあって、いつも自分がどこか異質な存在のように感じていた。いつも那桜を漫然《まんぜん》と包んでいた心許《こころもと》なさは、多分『寂《さみ》しい』という感情だったのだろう。彼らと出会い、強引にでも番《つがい》にされてからは、いつの間にか、その寂しさは消えていたのだ。

「本来、人間より数の少ない獣人は、獣人同士のネットワークを持っている。那桜のことを話

したら、みんなぜひ会いたいと言っていたよ」

「本当ですか」

「逆に、なんでそんなこと言うんだ？」

不思議《ふしぎ》そうな虎城《こじょう》の言葉に、那桜はためらいがちに答えた。

「いえ、俺の考えすぎだったらそれでいいんです。ただ俺は、あなた達以外の獣人とつき合ったことがないので、そういうことって、よくわからなくて」

「つまり、君にみんなが会いたがっている、ということがか？」

「……そういうことになりますかね」

那桜は困ったように笑った。

「那桜ちゃん自身はどうなんだ？　他の獣人に会いたい？」

「それは、会いたいです」

即答《そくとう》する。この世界で那桜はずっと疎外感《そがいかん》を持って生きてきた。彼らを遠くから見ていたのも、あの中に入り込めたらという気持ちがあったのかもしれない。

「ならいいじゃん」

虎城があまりに簡単に言ったので、那桜は思わず苦笑した。自分ももっとシンプルに考えればいいのかもしれない。

けれど身についてしまった臆病《おくびょう》さは、そう簡単には消えてくれないのだ。

車は山間を縫《ぬ》い、標高《ひょうこう》の高いところを走っていった。やがて町を見下ろすような場所にある白い建物へと到着する。ヨーロッパ風の建築の、洒落たホテルだった。女の子だったら可愛いと喜びそうな。

ポーチで車を預け、狼神《おおがみ》達はロビーへと入る。すぐにフロントのスタッフが折《お》り目《め》正しく迎《むか》えてくれた。

「狼神様、虎城様、お待ちしておりました」

「今年もお世話になるよ」

「もうみんな来てる?」

彼らは毎年来ているのか、顔なじみらしいスタッフと親しげな会話をしている。

「はい。皆様チェックインを済ませ、それぞれのお部屋のほうへと入られました。ラウンジには、どなたかいらっしゃるのではないでしょうか」

「わかった。後で行ってみる」

「ではお部屋のほうへご案内いたします。今年は、皆様同じお部屋でよろしいのですよね?」

「そう。今年からそうしてくれ」

「かしこまりました」

きびきびとした若いスタッフに先導され、那桜は彼らと客室に案内された。通された部屋はスイートだったが、ベッドはキングサイズのものがひとつだった。彼らがホテルのほうになんと言ったのか想像して、思わず顔が赤くなりそうだった。

「……去年までは、お二人、別々の部屋だったんですか…？」

「そうだよ。俺達これまで番がいなかったからね」

「ホテルの部屋まで、こいつと二人なんて勘弁《かんべん》してもらいたいものだ」

「そりゃ俺だってそうだわ」

ためらいがちに尋ねる那桜に、彼らは軽口で答えた。その時、部屋の扉《とびら》をノックする音が聞こえて、虎城がインターフォンをとった。

「はい。……おー、お前か！　今開ける」

知り合いでも来たのか、虎城はすぐに客室のドアを開けた。すると入り口から大柄《おおがら》な男が入ってくる。狼神や虎城も上背があるほうだが、男はもっと大きかった。身体にも厚みがある。

「よう狼神、虎城」

「一年ぶりだな、熊田《くまだ》」

「お前達がとうとう番を作ったって聞いて、早く会いたくてな。……ん、その子か？」

獣人は元になる獣《けもの》の名を名字に冠《かん》している。熊田と呼ばれた男は、熊の獣人なのだろう。その体躯《たいく》を見て納得した。

「初めて会うな。俺は熊田弘毅《くまだひろき》。見ての通り、熊の獣人だ」

熊田は姿こそ大きいが、その顔つきは優しく、物腰も丁寧《ていねい》だった。那桜もまた頭を下げる。

「狐ヶ崎那桜《こがさきなお》です。よろしくお願いします」

「狐ヶ崎……。狐《きつね》、か？」

「はい」

「そりゃあ珍《めずら》しい。……しかもオメガなのか？」

「……はい」

レア物扱《あつか》いされることには慣れているが、彼がどういう態度をとるのか少し不安だった。好《こう》奇《き》の目で見られるのならまだいい。多淫の狐だと蔑《さげす》まれるのはやはり悲しかった。

「そうか、よろしくな！」

だが熊田は快活《かいかつ》な声でそういうと、右手を差し出す。

「……え？」

「狼神と虎城の番なら、俺達にとっても仲間だ。仲良くしよう」

その勢いに飲まれて那桜が彼の手を握《にぎ》ると、痛いほどに握られてぶんぶんと上下に振られた。

「では、またな！」

熊田はそう言うと手を振って出て行った。呆《あっ》気《け》に取られていると、後ろで狼神と虎城がくすくすと笑っている。

「相変わらず、声のでかい奴だな」

「悪気はないんだ。許してやってくれ」

「あ、はい…、もちろん」

那桜としても、こんなふうに扱われたのは初めてだった。仲間。そんなふうに言われて、少しどきどきしている。

「那桜、だからと言って必要以上に好きにならないでくれよ」

狼神に釘《くぎ》を刺《さ》すように告げられて、那桜はびっくりしてしまった。振り返ると、彼は笑みを浮かべてはいるものの目は笑っていない。

「友情にヒビを入れたくはねえからなあ」

虎城まで同じようなことを言うのに慌《あわ》ててしまう。

「そんなわけないですよ。同じ獣人の方に快《こころよ》く迎えられて、ちょっと嬉《うれ》しかっただけです」

時々思うのだが、彼らはふとした時に那桜に対する独占欲《どくせんよく》を垣間《かいま》見せる。決して横暴《おうぼう》な態度はとらないが、真綿《まわた》でくるむように、さりげなくその腕の中に囲《かこ》う。アルファは番に対する独占欲が強いという。これもその、一種なのだろうか。

だが那桜本人も、彼らの自分に対する執着心《しゅうちゃくしん》に触れてしまうと、どこか喜びを覚えてしまうのも事実なのだ。

浅ましい。けれどこれが本能ならばどうしようもない。

「わかってるよ」

狼神は困ったように笑う。

「俺達だって、ここに那桜を自慢《じまん》しに来たようなもんだからな」

悪びれなく、そんなことを言う虎城にも恥ずかしくなってしまう。

「あいつ、那桜のかわいさにびっくりしたに違いない」

「まさか。そんなことないでしょう」

オメガはだいたいが容色に優れているというが、自分の姿など、どう判断したらいいのかわからない。

「那桜は相変わらず控《ひか》えめだな」

「もっと自信持てよ。お前が美人なのは事実だ」

「……ありがとうございます」

それでも、最近思うのだ。いつまでも自分自身を否定していては、番である彼らにも失礼なのではないかと。事故《じこ》同然で番《つが》った関係だが、それでも。

「うん、素直素直」

虎城が満足げに頷《うなず》いた時、狼神がふいに提案してきた。

「ところで、外に出てみないか。今日はいい風が吹《ふ》いている」

「そうだな」

窓の外を見ると、新緑が眩《まぶ》しかった。車から降りた時、空気の冷たさに体内が冴《さ》えていったのを思い出す。

「那桜も行こう」

「疲れてないか?」

「大丈夫です」

ホテルから出ると、彼らは裏手から続く山道を少し上っていく。十分も歩いた時だろうか。目の前が急に開けて、広い草原が姿を現した。高いところから風が吹いてくる。

「わ…あ」

これまで都会でしか暮らしたことのない那桜は、その光景に思わず声を漏《も》らした。両腕を広げると、まるで空を飛んでいるような気分になれる。目を閉じて何度か深呼吸《しんこきゅう》すると、肺《はい》の中の空気がすっかり入れ替わったようだった。

「やっぱ、年一はここに来ないとなあ」

「好きに過ごしていいぞ、那桜」

「あ、はい…」

彼らの声が低い場所から聞こえてくることに那桜は気づく。座っているのだろうか、そう思って目を開けた時だった。あまりに驚《おどろ》いてしまって、思わず一歩後ずさる。

巨大な狼《おおかみ》と、虎《とら》がそこにいた。足下には彼らが着ていた衣服が落ちている。

「えっ、あっ…!」

「何を驚いている。お前も獣人だろう」

「たまには本性《ほんしょう》の姿にならないと、なんかすっきりしないんだよな」

ああ、そうだった。彼らは元は狼と虎の獣人だったのだ。人間の社会にすっかり慣れて暮らすようになっても、時折は獣の姿になったほうが解放される。

だから彼らは仲間達と、このホテルを選んだのだろう。人里離れて、獣の姿になれる場所を。

「お前も獣に戻ったら？」

「え、でも……」

もう何年も獣に戻っていない。獣人が獣に戻るのには、ちょっとしたコツがあるのだが、それを覚えているかどうか不安だった。

「もう戻れないかもしれない。ずっとこの姿のままだったから」

「そんなわけねえって」

「忘れていたとしても、思い出せばいいだろう。大丈夫だ」

彼らに促《うなが》されて、那桜は記憶の奥深くにしまい込んだもうひとつの本能を探す。目を閉じ、意識して思考を遠くに放り投げた。そうすることによって人と獣との境目《さかいめ》を曖昧《あいまい》にするのだ。

どのくらい経《た》っただろうか。ふいに自分の輪郭《りんかく》が歪《ゆが》むような気がした。意識だけが残って、次に再び自己が構築されていく。

（できた）

そう確信して目を開けた。すると視界が低くなり、目線を下げると小さな前足がそこにあっ

た。銀色の毛並《けな》みを靡《なび》かせた、美しい狐だった。

「これがお前の狐の姿かあ」

「美しいものだな」

そんなことを言われると恥ずかしくなる。それを言うのなら、彼らも素晴らしく見事な獣だった。狼神は黒い毛並みを太陽に艶々《つやつや》と光らせ、強靱《きょうじん》な四肢で大地を踏《ふ》みしめている。虎城は黄色と黒の模様《もよう》の毛皮のコントラストが優美《ゆうび》ですらあった。

「走らないか」

狼神が駆《か》けだして、虎城がその後を追う。那桜も慌てて走り出したが、いざ狐の姿になってしまうと、それまでの不安はどこへやら、四本の足で難なく地を蹴《け》ることができた。忘れかけていた、人の姿とは違う感覚は、確かに馴染《なじ》みのあるものだった。身体が軽い分、那桜は彼らよりも速く走ることができた。その後を追うように狼と虎が駆けているので、見る者がいれば那桜が狩《か》られているように見えるのかもしれない。

三頭は好きに駆け回ると、やがて木陰《こかげ》へ横たわり、ゆったりとその手足を伸ばす。互いに身を寄せ合って、うたた寝すると、身体の隅々《すみずみ》まで酸素が行き渡り、力が満ちてくるような気がした。やがて山の稜線《りょうせん》に陽《ひ》が沈《しず》みかけ、三人はようやっと人の姿に戻る。服を脱いだ場所を忘れてしまって、ちょっとひやりとした。

「いくら獣人だからって、この姿のままホテルに戻るわけにはいかないよな。人間の客もいるし」

「那桜はともかく、俺やお前はな。怖《こわ》がられる」

人の姿に戻り、ホテルに戻ると夕食の時間だった。ホテルのレストランで食事をし、その日は入浴して就寝する。

（何もしないんだ）

そんなふうに思ってしまって、自分の貪欲《どんよく》さに反省する那桜だった。獣の姿に戻って羽《はね》を伸ばしたので、体力が充塡《じゅうてん》されたからだろうか。自分の両側に狼神と虎城が寝ていて、時折どちらかに抱き寄せられて、その体温を感じると、なんだかあやしい気分になってしまう。それでも那桜はいつしか眠りに落ちていった。

翌日もいい天気だった。朝食を終えてから昨日と同じように山に入り、獣の姿になって過ごす。今日は他の獣人達もいて、少し離れたところに大きな熊がいた。昨日の熊田だろうか。

「ここが気に入ったみたいだな、那桜」

「とてもいいところですね」

狼神の言葉に頷くと、彼らは嬉しそうな顔を見せた。

「よかった。また来年も来ような」

来年。それまで番でいてくれるということだろうか。

未来の話をされるのは少し怖い。彼らが優しい男達だということはわかったけれども、それでもどこか信じ切れないでいる自分がいる。

夕方になると、那桜は持って来たスーツに着替えるように言われた。

「今夜は仲間同士の集まりがあるからな。君を皆に紹介したい」

「ちょっとしたパーティーってやつだよ」

そういう彼らも、新しいスーツを身につけていた。普段、会社で着るようなものよりも、幾《いく》分《ぶん》華やかで、那桜は思わず見惚《みと》れてしまう。そんな彼らと並んで、見劣《みおと》りしないだろうかと心配になった。何しろ彼らは「似合っている」「素敵だ」としか言わない。

「地下のホールが会場だ」

エレベーターに乗って地下一階に行くと、そこはすでに二十名ほどの客で賑《にぎ》わっていた。皆、思い思いにドレスアップしてきている。

(この人達、みんな獣人なのか)

どんなに完璧な人の姿をしていても、獣人同士はなんとなくわかるものだ。

「こんばんは。一年ぶりね」

その時、狼神達に声をかけてきた女性がいた。すらりとしたしなやかな身体に赤いドレスを纏《まと》っている。スレンダーな美女だった。

「よう、メイ。相変わらず活躍しているようだな」

虎城の言葉に、那桜はハッとなった。メイと呼ばれた女性は人気のモデルで、職場のビルに貼《は》ってある広告などで、よくその姿を見ていた。年は那桜よりも上に見えるが、二十代だろう。

「猫森《ねこもり》メイだ。知っているだろう?」

狼神が紹介してくれたので、那桜はこんばんは、と一礼する。名前からして彼女は猫の獣人なのだろう。

「狐ヶ崎那桜です」

「狐ヶ崎? 狐なの? 珍《めずら》しいわね。ていうかあなた達……」

メイは、くんっと匂《にお》いを確かめるような仕草《しぐさ》をした。

「俺達の番」

「あ、じゃあオメガなのね。ますます珍しい…。で、番? どっちの?」

虎城の言葉に、彼女は狼神と虎城を交互《こうご》に見た。

「俺達、と言ったろうが」

「は? 嘘《うそ》…、あなた達、よってたかって、この子を番にしたっていうこと?」

メイの言いように那桜はいたたまれなくなる。

「よってたかってってのは余計だな」

「でもそういうことでしょ」

「まあな」

「ええー、かわいそう…、だってあなた達二人を相手にするわけでしょ。……まあ、でも…、大丈夫なのかしらね？」

多淫の狐だから、とはメイは言わなかった。彼女は那桜を見つめてにこりと笑う。

「災難《さいなん》ね。でも幸せなのかしら？　まあ彼らは素敵で優秀な雄だし、きっとあなたを幸せにしてくれるわよ」

那桜は、はい、と頷《うなず》いた。

「とても優しくしてくれるので」

メイは、あら、と返す。

「よかったわね。大事にするのよ。こんな可愛い子」

「言われるまでもない」

「めいっぱい幸せにするよ」

「うわ、のろけられた。私も番に会いたくなっちゃった」

そこでメイは誰かに呼ばれ、じゃあね、と言ってその場を離れた。

「あいつの番は人間の男でな。ここは獣人の集まりだから、東京に置いてきてるんだそうだ」

「メイさんはアルファですよね？」

彼女からは間違いなくアルファの匂いがしていた。

「そうだよ。アルファ女とオメガ男。珍しさで言えば、お前とどっちもどっちだよな」

アルファ女性は性交時、生殖器《せいしょくき》からペニスを生《は》やすという。相対的にアルファ男性よりも数が少ないと言われていた。オメガよりも少し多いくらいだろう。

（ここには、そういう人達がたくさんいるんだ）

そもそも獣人というだけでそれなりに珍しい。ここにいると、那桜は自分の稀少性《きしょうせい》というものを意識しなくて済むような気がした。稀少だということは、つまり同族が少ないということだ。けれど稀少同士が集まると、それがひとつの『同族』となる。

彼らは、だから那桜をここに連れてきたのだろうか。

那桜に寂《さみ》しくはないと教えるために。

「何か食べたいものはあるか？　那桜。とってきてあげよう。ローストビーフなんかどうだ」

「あ、ありがとうございます、自分で……」

自分で取ってくる、という間に、狼神は手を振って料理を取りにいってしまった。

「シャンパンのおかわりは？」

虎城が目の前にグラスを差し出してくる。那桜が手に持っているものは、ちょうど空《から》になっていた。

「ありがとう」

「どういたしまして」

狼神もすぐに戻ってきて、那桜は切り立てのローストビーフの乗った皿を手にした。

「隆将もありがとう。至《いた》れり尽《つ》くせりだね」

「そりゃあ、番には尽くしたいものだからな」

狼神は微笑《ほほえ》む。

「アルファなのに?」

「むしろアルファのほうが尽くしたいんじゃねえ?」

虎城の言葉に、那桜は首を傾《かし》げた。社会的にはオメガのほうが立場が低いとされているので、てっきりオメガのほうが相手に尽くすのだと思っていた。けれど思い返してみれば、むしろ彼らのほうがいろいろとしてくれている。

「ごめんなさい、俺、何もしてあげられなくて」

「いいんだよ」

虎城はにこりと笑った。

「那桜がいなかったら困るのは俺らなんだから」

「――――」

そういう言い方はずるい。

那桜の中でも、もう彼らの存在はどんどん大きくなっているのだ。だから臆病な那桜は予防《よぼう》線《せん》を張ってしまう。彼らが自分を手放した時、少しでも傷つかないように。

だってもう、こんなに好きになってしまっている。離れたくないと思っているから。

「――彼が君達の番か？」

「よろしく」

那桜のそんな思いをよそに、集まった獣人達は次々に那桜に声をかけて挨拶を交わした。彼らは誰も那桜を蔑《さげす》んだりしなかった。珍しがったりはされたが、次の瞬間には自分達の仲間だと認識してくれた。

「――こちらこそ、よろしくお願いします」

那桜から自然と笑顔が振り撒《ま》かれる。ここにいていいのだと言われたような気分だった。狼神と虎城には感謝せねばなるまい。

勧《すす》められるままに酒のグラスを重ねて、少し酔《よ》っ払《ぱら》ってしまったようだ。庭に通じている扉から外に出ると、気持ちのいい夜風が那桜を包む。見上げると、空には月が浮かんでいた。

いい夜だ。心の底からそう思う。

「大丈夫か？」

「わっ」

急に背後から声をかけられ、少し驚《おどろ》いてしまう。

「飲み過ぎたか？」

最初に狼神、次に虎城から声をかけられ、水滴《すいてき》のついた水の入ったグラスを差し出された。

「水飲むか?」

「飲みます。ありがとうございます」

するとと狼神は自分の口に水を含み、那桜の肩を抱いて口づけてきた。冷たい水が流れ込んでくる。こくん、と喉を鳴らして飲み込むと、次には虎城が唇《くちびる》を重ねてきた。もう一度注《そそ》がれる水に身体が潤う。

「那桜ちゃんが楽しそうでよかった」

「……楽しかったです。こういうの、初めてで」

「連れてきた甲斐《かい》があったというものだな」

「でもさ、初めて会った奴に、そんな笑顔振り撒く必要ないんじゃない?」

「少し嫉妬《しっと》してしまったな」

彼らの言葉に、那桜は瞠目《どうもく》した。

「えっ、でも…、俺の態度が悪かったら、隆将さんと弦が恥をかくし」

「そんなふうに考えてくれて嬉しいよ」

「今のは俺達の勝手な独占欲《どくせんよく》だから気にすんな」

だが、と彼らは言う。

「那桜ちゃんは、俺達がどんだけお前のこと独《ひと》り占《じ》めしたがってるか、わかってないんじゃねえかって思ってね」

「そうだな。君は俺達の気持ちを甘く見ている」

「甘く見ているだなんて」

何か勘違《かんちが》いをさせてしまったかもしれない。どうしよう、と焦っていると、右手と左手、それぞれの手を男達に取られた。

「君は未《いま》だに俺達のことを信じていないだろう」

「え」

「まだ事故《じこ》で番になったたって思ってるよな」

「……それは……」

痛いところを突かれて那桜は俯《うつむ》く。

「いい加減、信じてくれねえかな」

「これは、俺の問題なんです」

何度も自問したことだった。どうしてこんなに人を信じられないのだろう。自分の心の弱さが嫌になる。

「わかってる。君はご両親を亡くし、周りに信じられる存在がいなかった。それは君のせいじゃない」

「けど信じて欲しい。俺達は絶対にお前を裏切らねえから」

「――――……っ」

こんなに切々と訴《うった》えられて、心が動かないはずがなかった。ましてや彼らは身体の奥まで明け渡した相手なのだ。

勇気を出したい。この幸せがいつまでも続くことを信じる勇気だ。

「俺は、二人のことが、好き、です」

ちゃんと伝えなければいけない気がして、那桜は言葉を途切《とぎ》れさせながら告げた。

「ここに連れてきてくれたことも、俺のことを考えてくれていたのはわかります。たくさんの人に紹介してくれたのも、一人じゃないって教えてくれるためで。俺なんかのためにここまでしてくれて、すごく嬉しかった、です」

でも、と那桜は続けた。

「嬉しいことや幸せなことは、ある日突然、終わるから」

父も母も、那桜を愛してくれた。けれど彼らは突然、那桜の前から消えた。

「もう一度そんなことがあったら、俺は今度こそ、どうしたらいいのかわからない」

「うん」

「……そうだな」

彼らは那桜の言葉に真剣《しんけん》に耳を傾《かたむ》けてくれた。

「ちょっと、ごめんな」

二人の手が那桜から離れる。きょとん、としている那桜の前で、彼らは何やら真面目《まじめ》に話し合いを始めた。

「どうしたらいいかね」

「今信じてくれというのは難しいかもしれんな。まず実績を積まないと」

「やっぱ毎日の積み重ねが物を言うか」

「根気《こんき》のいることだ。大変ならお前は降りても構わんぞ」

「は？　冗談《じょうだん》言うなっての。お前こそ音《ね》を上げるなよ」

「あいにくと、まったくそんな気にはならないな」

自分の目の前で繰り広げられる相談《そうだん》ごとは、違《たが》えようもなく那桜に関することだった。彼らはどうやったら那桜の信頼を勝ち得ることができるのかを話し合っているのだ。二人はきっとこうやって、ビジネスの場でも言葉を交わしてきたのだろう。けれどそんな彼らだって、きっと最初から互いを信頼していたわけでもない。ここまでになるには、それこそ日々の積み重ねがあったはずだ。

「悪かったよ、那桜ちゃん」

虎城がふいに謝《あやま》ってきた。

「やっぱり番になったからといって、急に信じてくれってのは無茶《むちゃ》な話だよな」

「だから、毎日を一緒に過ごそう。そして俺達が信用に値する男かどうか見定めてくれ」

「……っ」

どうして、という気持ちが込み上げてきた。胸の奥から熱い波が押し寄せてくる。

「どうして、そこまで……っ」

「どうしてって、それは……」

「なあ」

二人は顔を見合わせた。

「君のことが」

「お前のことが」

好きだからだよ、と二人はそれぞれの声で言った。


「落ち着いたか？」

冷たいタオルを渡されて、那桜はそれを目に当てる。ひんやりとしていて心地よかった。

「ありがとうございます。すみません。パーティー途中で抜けることになってしまって」

「いいんだって。どうせあいつらもわかってるから」

「それより、俺達は君に優しくしたい」

「……もう充分、優しいです」

あの場で那桜は感情が爆発《ばくはつ》してしまい、大泣きしたあげくパーティーを途中で抜けて部屋に戻ってくることになった。楽になるからと上着とネクタイを脱がされ、落ち着いた色調の部屋でベッドに座らされている。気を昂《たか》ぶらせたせいか、身体がまだ熱い。

「不安を取り除《のぞ》いてやれなくて、ごめんな」

虎城の言葉に、那桜は首を振った。これはもう、性分《しょうぶん》のようなものだから。

「さっき、一緒に毎日を過ごそうって言ってくれたの、嬉しかったです」

それこそが那桜の最も欲していた言葉だったのだ。彼らの気持ちはわかった。後は那桜自身の問題だ。

「今度は、俺ががんばる番だと思うので」

ぐい、と目元を拭《ぬぐ》って顔を上げる。彼らは、ふっと笑ってくれた。

「えらいぞ」

狼神が指で頬《ほお》を撫《な》でてくれる。虎城の手が、頭を、ぽんっと叩《たた》いた。

その瞬間だった。

那桜の体内が、どくん、と大きく脈《みゃく》打った。

「ん……っ⁉」

「那桜？」

「どうした」

「え、な、なんで、急に……っ」

発情期《はつじょうき》でもないのに急激に襲ってきた発情の発作《ほっさ》。あまりにも覚えがありすぎる、内奥が灼《や》けるような感覚。

「感情が昂ぶったせいか？　オメガの発情と精神状態《せいしんじょうたい》は深い関《かか》わりがあると聞いたことがある」

狼神がそんなふうに言った。その間も那桜は、はあはあと息を乱している。

「あの会場で発作が起きなくてよかったぜ。アルファもけっこういたからな」

「あ、あの……っ」

いつもの那桜ならば、彼らから距離を取っていただろう。たとえ番になっても、負担がかかると思ってしまう。

けれど今ならば、甘えてもいいのだろうか。求めても、受け止めてくれるのならば。

「お願い、しても、いいですか……？」

那桜は抱いて欲しい、と彼らに言ったのだ。恥ずかしくて死にそうで、けれどどうしても彼らにして欲しい。

「もちろん」

「言われずとも、というやつだ」

「お前が嫌だって言っても犯してたとこだったぜ」

またそんなふうに言ってくれる。那桜が負担に思わないように。

「だが、今夜は少し意地悪《いじわる》をしたい気分なんだ。許してくれるかな？」

とても意地悪などしそうにないほど優しく狼神が囁《ささや》く。那桜はこくこくと何度も頷いた。もう、どうにでもして欲しかった。彼らにだったら。

「好きに……、好きにして、ください」

「了解」

虎城のほうはとても意地悪そうな笑みを浮かべて、那桜の顎《あご》を捕《と》らえて上げた。

「ああっ……」

那桜は今までしたことがないほどに恥ずかしい格好《かっこう》にされていた。

椅子《いす》に座らされた那桜は肘掛《ひじか》けに両の脚を引っかけられ、紐《ひも》でくくりつけられて、閉じられなくなっている。両腕は椅子の背に回され、手首をやはり紐で繋《つな》がれた。

「こん、な、かっこう……っ」

「可愛いぜ」

背後から虎城が、ちゅっと音を立てて首筋《くびすじ》に口づけてきた。那桜は、びくっと身体を震わせる。こんなことをされて興奮《こうふん》してしまい、いつもより更《さら》に感じやすくなってしまっている。

「縛《しば》られているだけで気持ちよさそうだな」

那桜の前には狼神がいて、張りつめて震える内腿《うちもも》を優しく撫で回している。その中心は曝《さら》け出され、苦しそうにそそり勃《た》っている肉茎があった。先端はすでに濡《ぬ》れて、愛液がとろりと滴《したた》っている。

「は、恥ずかしい、から、これ……っ」

那桜が椅子の上で身を捩《よじ》る度に、紐が肌に食い込む。まるできつく抱きしめられているようで、じわりじわりと身体に快感《かいかん》が走った。狼神の言う通り、自分は感じてしまっているのだ。

「うんうん。全部見えるぜ。恥ずかしいな?」

「あ……っ」

耳元で卑猥《ひわい》な言葉を告げられ、思わず声を上げた。身体の中心が、きゅううんっと気持ちよくなる。浅ましい自分の肉体に泣きたくなった。

「だ、め、俺、いやらしいから…っ、こんなの、ダメになる……っ」

「なったらいい」

狼神に足の付け根を、つつうっと撫で上げられて、身体中がぞくぞくする。

「俺達がたっぷり可愛がってやる。お前が気持ちよすぎて泣くくらい」

「あ…っ、んぁあっ」

背後の虎城に耳の中に舌を差し込まれて、ねっとりと舐《な》められた。くちゅくちゅという音が頭蓋《ずがい》に直接響《ひび》くようで、身体の震えが止まらなくなる。そして彼の指先が両の乳首を捕らえ、くすぐるように刺激されて、甘い刺激が全身に広がった。

「あっ、あぁあ…っ、そこ、んぁ…っ」

ぴんぴんと弾《はじ》かれる乳首は、その度にたまらない刺激を那桜に送り込む。

「すぐに尖《とが》って膨《ふく》らんじまうの、可愛いよな。ずっと虐《いじ》めていたくなる。こうして……」

くにくにと指の腹で転がされる乳首が時折、ぎゅうっと押し潰《つぶ》される。そうされると、胸の先から強い快感が込み上げて、腰の奥へと流れ込むのだ。

「ふぁあっ！　あっ、それ…っ」

「前のほうから愛液が溢れてきたぞ」

「やぁあっ、あっ、見な……でっ」

股間《こかん》の奥深いところまで、狼神に視姦《しかん》されているようだった。まだ、たいしたことはされていないのに、濡れてそそり勃つ肉茎にまで、はっきりとした快感が走る。狼神の手は太腿からふくらはぎへと滑《すべ》り、足の指の間を優しく擦《こす》り上げた。

「あ、はっ、ひ…っ」

くすぐったいのか気持ちがいいのか、もうよくわからない。ただ身体が燃え上がりそうで、触れられてもいない股間のものが、もどかしくておかしくなりそうだった。

「どんな感じがする？　気持ちいいか？」

「…っあ、おね、がい……っ、ここ、もう、触っ…て」

「ここというのは？　もう言えるだろう？」

那桜は、ああ、と甘い絶望《ぜつぼう》に嘆《なげ》いた。彼らはちゃんとねだるまで決して許してはくれない。一晩中でもこうして、とろ火で炙《あぶ》り続けるだろう。そんなことをされたら、本当にどうにかなってしまう。

「ああっ、こ…これっ、――――、ですう…っ」

那桜は卑猥《ひわい》な呼称を口にしながら腰を浮かせた。その瞬間に虎城に乳首をつねられ、絶頂に達してしまう。

「あぁぁあぁ…っ」

びくん、びくんと全身が跳ねた。ほぼ乳首への愛撫だけでイってしまった那桜の肉茎からは、白蜜がとぷとぷと溢れる。

「那桜ちゃん、そんなエッチな言葉、言えるようになったんだ。えらいじゃん」

「う、ふ…っ、あっ、ご、ごめん、なさ……っ」

達したばかりの乳首を優しく撫でられ、まだ身体を細かく震わせながら啜《すす》り泣いた。恥ずかしさと興奮で頭の中がぐちゃぐちゃになっている。

「謝ることはない。ご褒美《ほうび》をやろう」

そう言って、狼神の頭が那桜の股間に沈み込んだ。肉茎がぬるりとした熱いものに包まれ、裏筋《うらすじ》を舌全体でぞろりと舐め上げられる。

「あっ、ひ――――…っ」

さんざん焦《じ》らされた末の刺激は強烈《きょうれつ》すぎて、反《そ》った喉《のど》から嬌声《きょうせい》が漏《も》れた。肘掛けにひっかけられた足の指がひくひくと震える。ぢゅうっ、と音を立てて吸われて、身体の芯《しん》が引き抜かれそうな快感が走った。

「あくうぅ、ふ、う、んんはぁぁあ……っ」

那桜は拘束《こうそく》された椅子の上で悶《もだ》え、背中を仰《の》け反《ぞ》らせる。強烈な刺激にすぐにでもイってしまいそうだった。

「あ、ふあっ、い、いくっ……！」

きつく目を閉じ、絶頂に身を委《ゆだ》ねようとしたその時、ふいに狼神は那桜のものから口を離してしまった。

「え、あっ……！」

急に取り上げられた快感に身体がびくびくと震える。すると乳首に何か振動するものが当てられた。虎城が淫具を使ってきたのだ。

「こういうの、どう？」

「んうううーっ」

胸の先から送り込まれる快感は、たちまち全身に広がり、イく寸前《すんぜん》だった屹立《きつりつ》にも、たまらない愉悦《ゆえつ》をもたらした。けれど狼神がその根元を押さえつけているので吐精もままならない。

「あ、あっ、だめ、だめっ！　おかしく、なるっ…！」

「おかしくなってみろ。何もかも曝け出したって、俺達がちゃんといいようにしてやるから」

思考が麻痺《まひ》した頭の中に、狼神の言葉が刺《さ》さった。

「なん、で、あっ、あっ！　いく、イく……っ！」

　那桜は奥歯を嚙《か》みしめるようにして異様な快感に耐《た》える。イきたいのにイけない。けれど絶頂感だけは容赦《ようしゃ》なく込み上げてきて、自分がどうなってしまうのか、わからない怖さがあった。

「周りの部分もけっこう感じるだろ？」

「あ、あ……っ！」

　虎城の操《あやつ》る淫具の振動が乳暈をじっくりと這《は》い回る。焦れったいのに、どうしようもなく気持ちが良かった。那桜の体内で快楽の熱が暴走《ぼうそう》し始める。そして狼神の舌が根元を拘束された肉茎にちろちろと舌先を這わせた。

「あっ！　くうう、っ、ア、あああぁあ……っ！」

　頭の中が真っ白に塗《ぬ》り替えられたと思った途端《とたん》、那桜の肢体が椅子の上で大きく跳ねる。

「く、ひぃいい……っ」

（へんな、イきかたしてる）

　吐精を許されず、それでも強烈な極みが那桜を襲っている。那桜は何度も身体を震わせながら、許されない解放に啼泣《ていきゅう》して喜悦《きえつ》の声を上げた。

「ああ、イっちまった。最高に可愛いよ、お前」

「んんっ、あんんっ……」

　虎城に耳をしゃぶられ、まだ終わらない絶頂の中で喘《あえ》ぐ。確かにイっているのに、腰の奥の熱はますます高まるばかりで、那桜のものは未だ腹につきそうなほどに勃起《ぼっき》していた。

「ずいぶん苦しそうだな」

唇から唾液《だえき》の糸を引きながら狼神は囁く。

「今の、ほぼ乳首イキみたいなもんだろ。ちゃんと出させてやらねえとつらいと思うぜ」

「そうか…。つらいか、那桜?」

思考が蕩《とろ》けて惚《ほう》けて、彼の言っていることがよくわからない。つらいかと聞かれているのだろうか。つらいというのは苦しいということか?

「……っ、あ、きもち、い……っ」

少し苦しいが、圧倒的に快楽のほうが大きかった。彼らに被虐《ひぎゃく》の性質を引きずり出され、もっと虐めて欲しいと肉体が訴えている。

「そうか、じゃあ…、いっぱいしてやろうな」

「感じるとこ全部、うんと虐めてやるよ」

「ああっ……」

男達の淫らな囁きに身体の芯がきゅううっと疼《うず》いた。

椅子の上に拘束された恥ずかしい姿勢のまま、那桜は彼らの意地悪な愛撫《あいぶ》に悶《もだ》えるのだった。

部屋の中に啜り泣きと嬌声がかわるがわる響く。そして淫具の立てるモーターの音と、舌を使うぴちゃぴちゃという音が混ざり合っていた。

「ああ、ふぁぁっ、……んくぅぅう……っ！」

仰け反った那桜の肢体がびくびくとわななく。那桜の後孔には、先ほど乳首に使われた淫具が埋《う》め込まれていた。それは低く唸《うな》り、感じる粘膜《ねんまく》を刺激し続けている。

大きく開かれた股間で屹立している肉茎には、狼神と虎城の指が絡《から》みつき、優しく、強く、弱く弄《もてあそ》ばれていた。

「うん、出したいだけ出したか？」

「んんんっ…ンっ」

虎城の手淫によって何度目かの吐精に導かれた那桜のものは、先端からとぷとぷと愛液の残《ざん》滓《し》を滴《したた》らせる。さっきまで出すことを禁じられていた那桜の肉茎は、それから彼らによって濃厚《のうこう》で執拗《しつよう》な愛撫を受け、数回射精させられている。

身体中がじんじんと痺《しび》れていた。もうずっと甘く達しているような状態で、肌を一撫でされるだけでも声が出てしまう。

「ああ――…っ」

そんな時に、椅子の後ろに回っていた狼神の指が那桜の乳首を摘《つ》まんできた。全身に走る快感に那桜はまたしても頂点に放り投げられてしまう。その瞬間に後ろに挿《い》れられていた淫具を強く締めつけてしまい、振動がより鮮明《せんめい》に肉洞に伝わった。

「んああっ、ま、また、いく、あっああっ！」

がくがくと腰がわななく。身体が燃え上がりそうだった。喘ぐ唇を唇で塞《ふさ》がれ、呼吸すら奪われて、理性が熔《と》ける。

「なあ、そろそろ挿《い》れていい？」

「ん、ん……っ」

どこか上擦《うわず》った声で虎城が囁くのに、那桜は何度も頷いた。

「じゃあこれ、抜くな」

淫具のコードを引っ張られ、中に入っていたものが出てきた。ずずっ、と擦られていく感覚にすらぞくぞくしてしまう。

虎城は椅子の上の那桜の腰を持ち上げると、雄々しく昂《たか》ぶった自身の男根を、淫具の代わりに挿入《そうにゅう》していった。ずぶり、と先端の張り出した部分が入る。

「ふあぁあっ」

淫具とは比べ物にならない大きさと熱さに、下腹が沸騰《ふっとう》するかと思った。

「あー…、あっちい…。すげえ吸いついてくる」

「あぁあっ、こ、こんなの、すぐイくうう…っ」

まだ挿入の段階なのだ。この後、更に動かれたらどうなってしまうのだろう。そしておそらく、次には狼神にも挿れられる。そんな快楽の嵐《あらし》に投げ込まれる予感に、那桜は怯《おび》え、そして期待した。

「あ、ああっ、くううっ」

虎城は切羽詰《せっぱつ》まっていたのか、すぐに深く突き上げてきた。那桜の肉洞はそんな彼を受け入れ、媚肉を絡みつかせる。だが虎城も、それを振り切るような抽送《ちゅうそう》で那桜を責め立てた。

「あっ、あっ、あああっ、……ひ、ああっ！」

「こっちも気持ちよくなりたいだろう？」

後ろを虎城に犯され、嬌声を上げていた那桜の肉茎を、狼神がじんわりと握《にぎ》ってきた。また後ろと前を同時に責められて全身に電流が走る。

「あ、ふ…あ、はあ、アっ、んんっ…、あんんうっ」

「すごくいやらしい顔だ。可愛い」

もう片方の手の指で、乳首を転がされて恍惚と喘ぐ。口の端から滴る唾液を狼神は愛おしそうに舌先で舐めとった。

「……さっきから軽くイってんな。その度に強く締めつけてくる」

「引きちぎられないように気をつけろ」

「うるせえよ。お前ほどの剛棒じゃねえけど、そう変わんねえよ」

彼らは那桜の頭の上でそんな言い合いをしている。虎城の言う通り、彼の男根は充分すぎるほどに那桜を屈服《くっぷく》させていた。締めつける内壁を擦り上げ、かき回し、張りつめた脚の付け根をずっと不規則に痙攣《けいれん》させている。そしてさんざん那桜を鳴かせた後、彼は律動《りつどう》を速めて自分も頂点へ向かおうとした。

「やべえ、俺も出る……っ」

「んんっ、ああっ、ああっ！　――――～～っ！」

内奥に熱い迸《ほとばし》りを感じた時、那桜は強烈な極みを得ていた。彼の熱さで満たされる充足感《じゅうそくかん》。足の爪先《つまさき》まで甘美な痺《しび》れに浸《ひた》される。

「……ふう…っ」

虎城は最後の一滴《いってき》まで那桜の中に注ぎ込むと、ゆっくりと自身を引き抜いた。それと同時に白濁が溢れる。

「那桜。俺のことも受け入れてくれるか」

軽く意識を飛ばしていた那桜だったが、いつの間にか位置を変えた狼神が指先で軽く頬《ほお》を叩いてきた。

「ん……っ、は、い…っ」

挿れて欲しい、と後ろの窄《すぼ》まりをヒクつかせる。那桜にとっては、どちらも愛しい番の男だ。

「いい子だ。気持ちよくするよ」

濡れて蕩けた後孔に凶器のような男根が押しつけられる。入り口がこじ開けられると、泣き

たくなるほどの快感が襲ってきた。

「あああ…っ」

「……熱いな」

先ほど、さんざん虎城に蹂躙《じゅうりん》された場所を貫きながら、狼神は満足そうに呟《つぶや》いた。彼がゆっくりと奥を突く度に、卑猥な音が繋ぎ目から漏れる。恥ずかしくて仕方なくて、けれどそれすらも気持ちがいい。

「んん、うう…んっ、んん……っ」

背後の虎城に首を傾けられ、夢中で舌を絡ませ合いながら甘く呻く。さっきからずっと嬲《なぶ》られている胸の突起は朱《あか》く膨《ふく》れ、虎城の指にこりこりとした弾力を返していた。

「んあ、ああ…あ、ゆっくり、するの、だめ……っ！」

擦られる感覚を思い知らせるように動かれて哀願《あいがん》する。内奥に達する毎に奥をごりごりと刺激されて、その度にひいひいと背を反らした。その仰け反った喉に、虎城が軽く歯を立てる。

「んぁあ、あ、ああ――…っ」

自分が今達しているのかそうでないのか、那桜にもよくわからない。内壁がきつく収縮すると、狼神の凶悪なものの形がよくわかった。

「君の中は、味わう度に夢中になるな……」

感じ入ったような狼神の声。彼らが自分の肉体で快楽を得ているのなら嬉しいと思った。

「ひううっ」

さっきと同じように、背後にいる虎城が那桜のものを握り込む。

「裏筋くすぐられるの好きなんだよな？」

「や、そんな、だめええ…っ、あっ、あっ、んんあぁあ……っ」

許容量を越える快楽を与えられ、がくがくと身体を揺らすも、椅子に拘束されていては、ろくに身動きも出来なかった。狼神も次第に余裕がなくなったのか、突き上げも重く、速くなってくる。

「は、ア、ああ、ああっ」

「な、お…っ」

繋ぎ目が熱い。熔けていくようだ。そこから身体中がとろとろと蕩けていく。

那桜は、いく、いく、と繰り返しながら、狼神と絶頂の階段を駆け上がった。

「……っ！」

「ふあっ、あっ！　あ――――～～っ、～～っ！」

深い極みが那桜を攫《さら》っていく。内奥に狼神の熱い精が叩きつけられ、息も止まりそうな快感に嬲《なぶ》られた。自分がどんな声を上げているのかもわからなかった。

ただどうしようもない多幸感《たこうかん》に包まれて、優しい闇《やみ》の中に落ちていった。

気がついた時はベッドの上に横たえられていた。長い時間、拘束《こうそく》されていたせいで腕や身体が少し痛かったが、気分はよかった。

自分の両脇《りょうわき》には男達が寝ていて、彼らも疲れたのか、すやすやと眠っている。那桜は気怠《けだる》い身体を起こし、寝ている彼らを交互に見つめた。

――あんなに欲を剝《む》き出しにして愛してくれた。

那桜の発情に向き合い、自分の快楽を後回しにしてまで抱いてくれる男など、そうはいないだろう。何度か行為を重ねてきて、そう感じた。

(もしかしたら、未来を思いわずらわなくてもいいのかもしれない)

先のことはわからない。けれどそれは誰だって同じだ。

事故のように、それも那桜の発情に巻き込まれる形で番ってしまったから、那桜は彼らに引け目のようなものを抱《いだ》いていた。彼らはそれを、那桜に欲情をぶつけることで、わからせようとしていたのかもしれない。

だが、未来を信じるということは、那桜にとってはとてもとても難しいことなのだ。

(それなら、せめて――、今のことだけを考えていようか)

たったそれだけでも、那桜にとっては大きな一歩だった。

どこまでそれができるかわからないけれど、やってみよう。

那桜は二人の番に順番にそっと口づけると、毛布を被《かぶ》って横になった。

疲《つか》れ果《は》てていたせいで、眠りはすぐに訪れた。


長野のホテルから帰ってきてから、穏《おだ》やかに日常は過ぎていった。

どこか少し、ふっきれたような顔を見せる那桜に、彼らは最初、不思議そうにしていたものの、すぐにいつも通りに接してくれた。

丁寧《ていねい》な暮らしと、刺激的なセックス。今、幸福かと誰かに聞かれたら、那桜は間違いなく頷くだろう。

そんな時、突然の出来事が那桜を襲った。

「――――那桜⁉　那桜じゃない‼」

買い物に行こうとしていた時だった。道で突然呼び止められた那桜は、聞き覚えのある声に身体を硬直《こうちょく》させる。

「こんなところで何してるのよ！」

振り向けないままで固まっていると、腕を摑まれた。それは養父母の娘、姉の利香《りか》だった。

「……姉さん」

「今までどこにいたのよ、馬鹿っ！」

腕を摑まれたまま、どん、と肩を叩かれる。

「お父さんもお母さんも心配してるのよ」

それは嘘だと思った。あの人達には那桜は必要じゃない。単に労働力としての那桜がいなくなって不便になっただけだ。アルファとの縁談《えんだん》もきっと破談《はだん》になって、宛《あ》てが外《はず》れたのだろう。

「ごめんなさい姉さん。でも俺は」

「とにかく、一度戻ってきなさい」

姉の言葉に、那桜は瞠目した。

「嫌だ。帰りたくない」

「子供みたいに我《わ》が儘《まま》言わないでよ。あんたがいなくなって、縁談のお相手の人に謝るのに、父さん達がどれだけ迷惑《めいわく》したと思ってるの！」

那桜が縁談を持って来てくれと言ったわけではない。勝手に仕組まれたことだ。

「実は俺、もうアルファの人と番になっていて……」

「は⁉」

さすがの利香も驚いたようだった。だが彼女はすぐに態度を変える。

「な…なんだ！　あんたもやるじゃない。それなら、尚《なお》のこと一度、報告に帰ってきなさいよ」

「でも」

「番が出来たんだったら、父さん達も、もう無理に縁談なんか勧《すす》めたりしないわよ」

それもそうかもしれない、と那桜は思った。

おそらく養父母にとって大事なのは、那桜がアルファと番になることだったのだろう。社会的地位の高いアルファと那桜が番になれば、色々と得もあるという考えなのだ。

彼らとの生活を続けていくならば、養父母を納得させたほうがいいのかもしれない。

「────わかった」

報告だけをして、すぐに帰ろう。

那桜はそのつもりで、姉と共に家に戻ることにした。


「────それは本当なの⁉」

「信じられないな。そんなにうまいことといくなんて」

久しぶりに帰った家は、もう自分の家とは思えなかった。幼い頃の思い出はあるけれども、それはもう那桜の胸の中だけのことで、ここはすでに他人の家だった。

「で、お相手は何をしている人なの？」

会社を経営している、と那桜が言うと、養父母と姉の間にあからさまに喜色《きしょく》が走った。そう言えば姉はアルファと結婚したと思ったが、それはどうなったのだろう。

「やっぱりアルファは立派な人なのねえ」

「人…というか、獣人なんです」

那桜がそう言った時、彼らの空気がピシリと凍《こお》りついたような気がした。

「ちょっと待て、獣人⁉」

「はい」

父達の態度が変わった理由が、那桜にはわからなかった。母が頬に手を当て、難しい顔をする。

「獣人てねえ……、どうなのかしらね」

「あいつらは何というか、人間じゃないし、得体が知れないだろう。すごく凶暴だっていう話じゃないか」

「俺も獣人ですし、彼らはとても理性的です！」

「那桜は私たちが厳《きび》しく躾《しつ》けたもの。獣人は本来、野蛮《やばん》で粗野《そや》なものよ」

「下手《へた》に能力が高い分、鼻持ちならないって聞くわ」

利香まで一緒になって蔑みの言葉を吐き出した。那桜はそれを聞いて呆然《ぼうぜん》とする。彼らは獣人に対して、こんなにも偏見《へんけん》に満ちた考えの持ち主だったのだ。これまで那桜に対して冷遇《れいぐう》していたのは、オメガというだけではなく、獣人ということもあったのだ。それを突きつけられ、思わず目眩《めまい》を覚える。

「私は反対よ。那桜はちゃんと人間のアルファと一緒になりなさい」

「そんなこと出来ない。もう番ってしまったから」

「解消することも出来るんでしょう？」

その言葉に、那桜は自分でも驚くほどに拒否反応《きょひはんのう》を示した。

「……嫌だ」

那桜ははっきりと嫌だ、と思った。

自分は狼神と虎城の番でいたいのだと。今も、この先も。

「絶対に嫌だ」

「那桜！」

養父の手が上がった。また殴《なぐ》られる。

――殴りたいなら殴ればいい。

けれど自分の口からは絶対に番を解消してくれなどと言わない。

その気持ちが表情に出たのか、養父はためらったように手を下ろした。

「その……、何だ、お前は騙《だま》されているんじゃないのか」

「騙されてない」

「なら、そう、責任をとってもらいましょうよ」

「もうとってもらってる」

「いいえ。きちんとお嫁《よめ》にもらってもらわないと。そしたら私たちにも、ねえ？」

養母はいやらしい視線を養父に向けた。

「そうだな。獣人と親戚《しんせき》になるというのは、まあちょっとアレだが……」

彼らは狼神と虎城に、たかる気なのだ。義理とはいえ、自分の家族が浅ましく、恥ずかしかった。こんな人達を彼らに会わせたくなんかない――――。那桜がそう思った時だった。スマホの着信音が鳴る。

「っ！」

「ん？　誰だ？」

「あ、ねえ、そのアルファの獣人じゃない⁉」

姉の利香が、那桜のスマホの画面を見て声を上げた。

「出なさいよ。ここに連れて来て」

「でも」

「そうだな。父さんもそいつを見定めてやろう」

「出なさい、那桜」

本来ならば彼らをここに連れて来たくはなかった。だが、このまま電話を無視するのも、彼らにいらぬ心配をかけることになるだろう。

那桜は意を決して電話に出た。

「――――もしもし」

『那桜か？　今どこにいる？』

電話をしてきたのは狼神だった。横から『どこだ？』と虎城の声も聞こえるから、側にいるのだろう。

「……姉と会って、それで、今実家に……」

それだけで彼らは状況《じょうきょう》を察したようだった。

『わかった。すぐに行く』

「けど」

『心配するな。ご両親にはちゃんと挨拶をしておかないとな』

それだけを言って狼神は電話を切る。

「……来るそうです」

狼神はああ言っていたが、本当に大丈夫なのだろうか。那桜は不安が尽きなかった。目の前の養父母と姉に、彼らをどうこうすることなど出来はしないと思うが、それでも。

だがそんな那桜の心配をよそに、彼らは本当にすぐに来た。

「初めまして。狼神隆将《おおがみたかまさ》と申します」

「虎城弦《こじょうげん》です」

現れた獣人二人を前にして、養父母と姉は口を開けたまま呆然としていた。きちんとスーツを着て、手土産《てみやげ》まで持参した彼らは、どこからどう見ても「ちゃんとした男達」だったからである。それに養母と姉の様子がおかしい。どこかそわそわしている。無理もない。あまりに男ぶりがよくて動揺《どうよう》しているのだ。

「まずはご挨拶が遅れましたこと、お詫《わ》び申し上げます」

虎城はその甘いマスクを最大限に利用したように微笑《ほほえ》んで言った。狼神と共に折《お》り目《め》正しく頭を下げる。

「私共はこういう者です」

狼神は虎城と一緒に名刺《めいし》を差し出した。それをいっせいに覗《のぞ》き込んだ義理の家族は感嘆《かんたん》の声を上げる。

「私この会社知ってるわ」

「そうなの？　大きい会社？」

彼らのはしゃいだ様子が恥ずかしくて仕方がなかった。那桜は思わず目を逸《そ》らしてしまう。

やや冷静を取り戻した養父が彼らに尋ねた。

「あなた方のうち、どちらがその、那桜の番なんでしょうか」

妙《みょう》な空気を打ち破るように養父は咳払《せきばら》いをし、二人に聞いた。那桜は今更《いまさら》ながらにハッとしてしまう。普通は一対一で番うものだからだ。だが狼神はあっさりと告げた。

「私たち二人です」

「は？」

「猫科の獣などは、交尾《こうび》した相手の数だけ受精《じゅせい》します。我らは獣人ですので、そういうこともあるのです」

虎城の説明に養母はちらりと彼を見た。

「で、でも、那桜は狐でしょう？　狐は犬科じゃないかしら」

「ですから、そのようなものだと申しました」

「は、はあ……」

虎城の笑顔でのハッタリに、養母は丸め込まれようとしていた。だがすぐに何かを思いついたのか、途端にへつらうような笑みを浮かべる。

「人間の世界には結納金《ゆいのうきん》というものがありましてね。こちらはお嫁に出す立場ですから、それ相応のものをね。お二人というからには、二人分をいただかないとねえ……」

「母さん！」

あまりに厚顔無恥《こうがんむち》な申し出に、那桜は思わず養母を諌《いさ》めようとする。だが、狼神が目線でそれを制した。

「承知《しょうち》しております」

そうして彼は、大仰《おおぎょう》な風呂敷《ふろしき》に包まれたものをテーブルの上に出した。もったいぶった仕草でそれを開くと、白沢家の人間の目の色がいっせいに変わる。そこには封緘《ふうかん》がされたままの札《さつ》束《たば》が積み上がっていた。

「一千万あります。二人分ということでよろしいでしょうか」

目の前に差し出された現金の威力は予想以上だったようだ。養父は必死で平静を装《よそお》っていたが、養母は明らかに顔つきが変わっている。

「え…ええ、そうね。まあ、よろしいでしょう」

「ねえ、待って」

その時突然、口を挟《はさ》んできたのは姉の利香だった。

「あの、いくらオメガとはいえ、弟は愚図《ぐず》で頭も悪くて何も出来ないんです。私なら学歴もありますし、恥ずかしくない妻《つま》になれますけど?」

利香が媚《こ》びた笑みを浮かべながら彼らに言う。その言葉に養父母も驚いたようだったが、すぐにいつものように追従した。

「確かに。娘の利香は利発で気も利《き》くし、この通り見栄《みば》えもいいでしょう。いっそこちらの利香のほうがいいのではないかしら。ねえお父さん」

「あ、ああそうだな。どうだろう。ひとつ、姉のほうにしてみるというのは」

「――――あなたは既婚者《きこんしゃ》では?」

虎城が利香の薬指に嵌《は》まっている指輪を見ながら尋ねた。利香はそれをさっと手で隠《かく》して答える。

「そんなもの、すぐに別れます。私はベータで、番になったわけではありませんし、そういうのは自由でしょう。それに、あなた方のほうが結婚相手として数段上ですもの」

「そうですわ。今すぐ番を解消して、姉の利香と結婚《けっこん》したほうがいいですわ。この子、料理が上手なんですのよ」

姉はろくに料理をしたことがない。那桜が食事の支度をすることのほうが多かった。

（さっきまで、獣人だといって敬遠《けいえん》していたのに）

彼らに社会的な地位があるとわかった途端に、へつらい出す。おそらく彼らが利香を選ぶことはないと思うが、那桜は仮にも身内である白沢家の醜態《しゅうたい》は見ていられなかった。

「我々は那桜さんとの結婚を望んでいるのですが」

虎城がため息交じりに告げる。彼の声の中の呆《あき》れたような響きに、白沢家の人間が気づくことはなかった。

「那桜は、とても嫁には出せません」

「――――」

そんなふうに養母に告げられて、思わずぎくりとする。まさか別れさせられる？

可能性は低いが、ないわけではないだろう。もしもそうなったら、那桜はどうしたらいいだろうか。彼らと離れて、またこの冷たい家の中で暮らす？

――嫌だ。

一度味わってしまった温かで幸せな暮らしは、那桜にとって、もう手放せないものになってしまった。

「い――嫌だ」

気がついたら、那桜は顔を上げてそう言い放っていた。

「那桜？」

「お父さん、お母さん、姉さんがそう言っても、俺は彼らと離れたくありません」

「何言ってるの、那桜」

「父さん母さんの言うことが聞けないのか」

「聞けません。俺はこの家を出て、この人達と暮らしたいんです」

「那桜！」

養父の怒声《どせい》が響く。那桜は首を竦《すく》めたが、それでも目を逸らすことはなかった。ここは引いてはいけない。また殴られるかもしれない。でも、これだけは。

「……那桜さんは、そう言っておられますが」

狼神の声は冷ややかだった。那桜はこんな声を向けられたことはない。

「この子の言うことなど気にしないでください」

「では、那桜さんとの結婚には反対だと?」

「ええそうです。ですから、うちの利香と」

「わかりました」

彼らはそう言って立ち上がった。

(このまま帰ってしまうのかな)

考えてみれば、こんな面倒な身内がいる番なんていらないのかもしれない。

自己肯定感《じここうていかん》の低い、那桜の諦《あきら》めの早い部分がまた顔を出しそうになる。せっかく勇気を出しても、彼らが望んでくれなければ何の意味もないのだ。

また、無味乾燥《むみかんそう》な世界に一人きり。

絶望に、身体から力が抜けていきそうになった時、狼神と虎城が那桜の腕を取って立たせた。

「では帰ろう、那桜」

「長居は無用みたいだな」

「……連れて帰ってくれるの……?」

「何言ってんだ、当たり前だろ」

「君は俺達の番なんだからな」

「あ……」

その言葉を聞いて、那桜の全身に嬉しさがいっぱいに広がった。ここから連れ出してくれる。

それだけではなく、彼らは養父母達の前で那桜のことを番だと言ってくれた。これからも、彼らの側で暮らしていいのだと。

「はい、帰ります」

那桜は彼らのほうへと足を踏み出す。だがその時、背後から怒声が聞こえた。

「ちょっと待て！　那桜は結婚させないと言ったはずだ！」

「そ、そうよそうよ！」

彼らは私欲を諦めない。それは那桜の後見人を謳《うた》って、この家に乗り込んできた時からずっとそうだった。どうして彼らは那桜を解放してくれないのだろう。

「――――そんな言葉に従う義理がどこにある？」

狼神が放った低く冷たい声に、彼らはびくりと動きを止めた。

「あなた方が、今まで彼に対してどんな扱《あつか》いをしてきたかは、もう調べがついているんですよ。この家を不当な形で乗っ取ったこともね」

「き、聞き捨てならないことを言うな！」

虎城の言葉に養父はくってかかる。

「彼ももう成人している。結婚に親の許可《きょか》はいらない」

「その金は手切れ金としてくれてやる」

彼らがそう告げると、養母がハッとしたようにテーブルの上の金をかき集めた。姉はその横

で、プライドを傷つけられたのか、ぷるぷると震えて那桜を睨《にら》みつけている。

「ふざけるな、このけだもの風情《ふぜい》が！」

激高《げっこう》して養父が、彼らに殴りかかろうとした。

「あ」

危ない。そう言う前に、父は狼神に簡単に振り払われていた。体勢を崩《くず》してよろめいた養父だったが、どうにか立て直し、尚も摑みかかろうとする。

だが、狼神の手を見てぎくりとした。

彼の長く鋭《するど》く伸びた爪。それは獣《けもの》の手だった。狼神がその気になれば、人間の柔《やわ》らかな肉など容易《たやす》く切り裂《さ》いてしまえるだろう。

初めて実際に目にしたそれに、養父はすっかり戦意を喪失《そうしつ》してしまったらしく、顔を青くして後ずさった。

「では、これで。二度とお目にかからないことを願っていますよ。我々よりも、特に彼にね」

毒気《どくけ》たっぷりの虎城の言葉を残し、那桜達は白沢家を後にする。

もう罵声《ばせい》すら追って来なかった。

「とてもじゃないが、君をあんな身内の中に置いておけなかった。勝手なことをしたかもしれないが、後悔《こうかい》はないか？」

車に乗せられ、マンションの自室に帰ってくることが出来た。脱力していた那桜をソファに座らせると、虎城が温かい紅茶を置いてくれる。礼を言ってそれを啜《すす》っていると、狼神が神妙《しんみょう》な様子でそんなことを言った。那桜は首を横に振り、小さく笑う。

「いいんだ。俺はあの人達の家族じゃなかった。

「……そうか」

「なら、俺達と家族になろう」

虎城があまりにあっさりと言うので、那桜はちょっと、きょとんとしてしまった。

「いいの？」

「君はなし崩《くず》しに番になったこと、まだ気にしてるだろう」

図星を突かれて、少し気まずい思いをする。

「それなら、不安を取り除いてやろうと思ってさ。形式とかどうでもいいんだけど、お前を法的にあの家族から引き剝がすのにも、結婚はいい手段だしな」

彼らがそこまで真剣《しんけん》に那桜のことを考えていると知って驚いた。同時に、未だに番になった経緯《けいい》を気にしている自分が少し情けなくなる。

「ごめんなさい。俺、信じきれてなかった」

「いいよ」

「気持ちはわからんでもないしな」

そんなふうに言ってくれて泣きたくなった。彼らに報《むく》いるためにも、那桜は勇気を出さねばならない。

「君こそどうなんだ」

「え？」

「俺達と結婚していいのかってこと」

「……それは、ずっと一緒にいるってことだよね」

「もちろんだ。俺達はもう君を離すつもりはない。たとえこいつが離れても俺は大丈夫だ」

「は？　ちゃっかり何言ってんのお前…。俺だって同じだからな」

互いに言い争っている彼らがおかしくて、那桜は思わず笑ってしまう。

「俺もずっと一緒にいたい。二人と」

「ほんとか？　本気にするぞ？」

「うん」

「じゃあ、花嫁になるってことでいいんだな」

「俺でいいなら」

「こういう時あれだろ？　人間の間じゃ、ふつつかものですが、とかなんとか言うんだろ？」

「ふつつかものの夫だけど、幸せにするから結婚してくれ」

「……はい……」

那桜は泣き笑うようにして返事をする。そして耐えきれず、とうとう涙《なみだ》を流してしまった。

「泣くなって。俺も泣きたくなるから」

そういう虎城は、本当に泣きそうだった。那桜も思わずもらい泣きしてしまいそうになる。

「そうするとつまり、次にするセックスは初夜ということになるかな？」

狼神の言いようがあまりなものだったので、ついつい涙が引っ込んでしまったことは黙っておこうと思う。


那桜の上に、二人の男が覆《おお》い被《かぶ》さってきた。

最初に口づけをしてきたのは虎城だった。彼の舌は巧《たく》みに那桜の口の中を這い回る。上顎《うわあご》の粘膜をくすぐるように舌先で刺激されると、いつも甘い呻《うめ》きが漏れてしまうのだ。

「ん、ぅ…んんっ……」

その間に狼神に服を剝かれる。外気に触れたところから丁寧に触れられ、その熱が身体に染みこんでいくようで心地よい。

「はあっ……」

虎城と口が離れると乱れた息が漏れた。頭の芯がもうぼんやりし始めている。そしてすぐに狼神が唇を重ねてきた。彼の肉厚の舌に絡みつかれて強く吸われると、頭の中がかき回されるように濁《にご》る。

「那桜、好きだ……」

「可愛い」

そんな言葉を次々と囁かれて、次第に恍惚となっていった。彼らとずっと一緒にいられる。そう思うだけで身体が昂《たか》ぶっていく。脚の間を撫で上げられると、そこはもう熱を持って形を変えていた。

「もうこんなにして。待っていたんだな」

「んぁあ…っ」

触ったのは狼神のようだった。彼の長い指で優しく扱かれて、腰骨から背中にかけて、じん、と痺れる。虎城の手が内腿にかかって、ぐい、と脚を広げられた。

「感じてるとこ、全部見せて」

「あ……っ」

恥ずかしいのに、身体の芯がきゅうきゅうと疼《す》く。彼らにならすべて見て欲しいという相反する衝動《しょうどう》。そして両の乳首をそれぞれに両側から吸われて、はっきりとした快感が身体を貫《つらぬ》いていった。

「んんああっ……！」

そこは弱い。これまでの彼らとの行為で、さんざん思い知らされてしまった。乳首だけで容易くイってしまえることは、もうとうにバレてしまっているから、彼らは執拗《しつよう》にその突起《とっき》を虐めてくる。

「は、あ、あっ、ああっ……」

彼らはそれぞれのやり方で乳首を嬲《なぶ》った。舌先で転がされ、しゃぶられ、軽く歯を立てられ、あるいは弾かれて、微妙《びみょう》に異なる刺激を与えられてたまらなくなる。

「あっ、あっ！　そ、そこ、弱い……っ」

「だからしてるんだろうが」

「今日もここでイってごらん」

ちゅう、ぢゅるっ、と音を立てて吸われ、腰の奥に快感が走った。

「んんぁああ…っ、だ、だ…めっ」

「ダメ？　嫌か？」

狼神が舌先で突起を転がしながら尋ねてくる。那桜の身体はもうぐずぐずに蕩けていた。ここで嫌だと言ったらやめられてしまいそうで、那桜はふるふるとかぶりを振る。

「す、すき…っ、気持ちいい……っ」

「どこが好きなんだ?」

乳暈に舌を這わせつつ虎城が聞いた。恥ずかしいことを言わねばならない。けれどもそれを達成したら、きっとご褒美がもらえる。

「乳首、が、きもちいい……っ」

「いい子だ」

那桜の乳首は尖《とが》り、膨《ふく》らんでいた。それをぴんぴんと強く弾かれて、鋭《するど》い快感が身体の奥深くに差し込んでくる。

「あぁあっ、あっ! い、いくぅ……っ」

背中がぐぐっ、とシーツから浮いた。胸の先から全身へと快楽が広がっていく。それが爪先まで達したところで、那桜はイってしまった。

「あああっ! い、く、んんん……っ! 〜〜っ」

切なすぎる乳首での絶頂は、那桜に卑猥な嬌声を上げさせた。脚の間のものからは愛液がだらだらと滴っている。

「いやらしい声が出たな」

狼神に煽られて、那桜は羞恥に顔を背《そむ》けた。

「恥ずかしがりなのは可愛いよ。ああ、こっちが苦しそうだ。さっき中途半端に刺激してしまったからな」

それもわざとに決まっているのに、狼神はそんなことを言う。

「俺がしゃぶってやるよ。いいよな?」

「……っ」

口淫してもらえる、と身体に期待が走る。那桜の両脚が勝手に膝《ひざ》を立て、おずおずと開いていった。濡れた部分が露《あら》わになる。

「素直だな、いっぱい気持ちよくしてやる」

「……あああっ！」

苦しそうに勃起していたものを口に咥《くわ》えられ、鋭敏《えいびん》なそれに舌がねっとりと絡みついていった。そして裏筋をゆっくりと擦られると、どうしたらいいかわからないくらいに感じてしまう。

「あ…あっ！　は、あ…う、い、い…い……っ」

「イイならいっぱいしてやろうな。ほら、ここも……」

「んああっ、ああう…っ、な、なか…っ」

前を口でしゃぶられ、後ろにも指を挿れられる。濡れた肉洞をじっくりとかき回されると、下半身が熔けていきそうになった。

「俺にも君を愛させてくれよ」

狼神に両腕を摑まれ、頭の上に上げられて固定される。何を、と思ったが、狼神の舌におもむろに脇《わき》の下を舐め上げられて、びくん、と身体が跳ねた。

「あは、ああっ！」

ぴちゃぴちゃと音を立てながら敏感《びんかん》な柔らかい肉を食《は》まれる。同時に乳首まで指先で虐められて、那桜は頭の中が真っ白になった。

「ああっ、あっ、あんんっ」

くすぐったいのと気持ちよさが混ざり合い、おかしくなりそうだ。身体中の感じる場所をいくつも刺激されて快感から逃げられない。

「ふ、う…あっ、ああっ…！　な、舐めながら吸わないで……っ、あっゆびっ、指をそんなふうに……っ」

身体からはひっきりなしにいやらしい音がしている。那桜は男達の愛撫にびくびくと身体を震わせ、何度も仰け反りながらベッドの上で悶《もだ》えていた。

「は、あーっ、ああ、うう、い、イっ…く……っ」

「たくさんイくといい……。どうせ今夜も数え切れないほどにイくことになる」

「あっそんなっ、あっ、あっ！」

那桜の身体が大きく跳ねた。身体中の快楽が体内で溶け合い、大きく膨れ上がる。

「んんん、ああ――…っ」

強烈な絶頂に包まれ、那桜は快楽の悲鳴を上げた。不規則な痙攣《けいれん》はしばらく続き、喜悦の涙で頬を濡らす。虎城の口の中に白蜜を吐き出すと、それがためらいもなく飲み下された。

「は…っ、はああ……っ、んん……っ」

「気持ちよかった?」

聞こえてくる言葉にこくりと頷く。

「よかった。今日はうんと蕩《とろ》けて、濡れてもらわないといけないからな」

「あ……っ」

男達の位置が変わったと思うと、那桜は下肢を高く持ち上げられた。思わず目を開けると、狼神に腰を抱え上げられ、那桜の秘部が彼の顔の下で剝き出しになっている。あまりな格好に、那桜は思わず脚をバタつかせた。

「や、やあっ、この、格好……っ」

「こら、大人しくしてくれ」

彼はそう言うが、力の入らない那桜の抵抗など、どうということもないだろう。狼神は那桜の双丘を押し開くと、その最奥でヒクついている窄《すぼ》まりにぴちゃりと舌を這わせた。

「あ、ひい…っ」

縦《たて》に割れたそこを、ぬめぬめと這い回る舌。たちまち甘い痺れが下肢を犯《おか》して、那桜は身体を折られた状態のまま、啜り泣き悶えるしかなかった。そしてイったばかりで揺れる股間のものも、虎城にやんわりと握られ扱かれる。

「ああっ…あっ!」

また前後を同時に責められて、那桜の喉が仰け反った。

「那桜、ここを緩めてくれ。中まで舐めてあげよう」

「っ、や…っ、やああっ、そんな…ことっ」

恥ずかしくて死にそうになって喘ぐ。だが虎城の手が那桜のものを淫らに扱き上げると、後ろがひどく収縮してしまう。その隙《すき》に狼神の肉厚の舌が那桜の中に入った。

「あ、あ――…っ」

内壁を舌で舐められる異様な快感。その間も肉茎をぬるぬると扱かれて、那桜は不自由な体勢でひくひくとわななないた。

「ん、う…んっ、ああ、あ…っんっ」

オメガである故《ゆえ》に自ら潤《うるお》う肉洞は、狼神の唾液と混ざり合って卑猥な音を立てている。下腹の奥が熱く疼いてたまらなかった。はやくここに、彼の剛直を埋《う》め込んで思い切り突き上げて欲しい。そんな欲求に苛《さいな》まれるまま、那桜は次の絶頂へとのぼりつめていく。

「んんあぁああ」

後ろと前と、どちらで達したのかもうよくわからない。ただ肉茎の先端から溢れ続ける愛液が自らの顔にかかり、無意識にそれを舌先で舐めとっていった。

「今、挿れてやるからな」

「あ……っ」

那桜がイったのを見て、狼神は那桜を抱き起こし、自分の膝の上に抱え上げた。

「そら、腰を落とせ」

「んあぁ…っ、は、はいって、くる…っ」

太く張り出した部分を咥え、肉洞に取り込んでしまうと、身体中が震えるほどの快感が込み上げてきた。

「あぁあ——…っ」

それだけでまた達してしまいそうになり、那桜は必死で堪《こら》える。あまりに立て続けに達してしまうと、気持ちいいのがわからなくなると気づいたからだ。そんなふうに快楽を求めてしまう自分自身にも呆れてしまう。でもきっと、彼らはそんな那桜をも受け止めてくれるだろう。

抽送が始まると、那桜は必死で狼神にしがみついて喘《あえ》いだ。どちゅどちゅと奥を突かれる度に腹の奥が甘く痺れる。

「あっ、あううっ、あっ、あっ」

「イイか?」

「ああっ…あ、いいっ、いい……っ」

那桜は自らも夢中で腰を揺らし、狼神の剛直を貪《むさぼ》った。そんな那桜の後ろから虎城が胸元をまさぐり、乳首を指先で摘《つ》まんでくる。

「ふあ、あああぁあっ」

「ずっとビンビンじゃん」

後ろを犯されながら乳首を捏《こ》ねられて、那桜はあられもなく喘いだ。硬い粒《つぶ》をこりこりと転がされて、下腹に断続的に刺激を送られる。

「く、う、っ、くううんっ」

ぎりぎりまで我慢していたが、もともと淫らな那桜がそんなに耐えられるはずもなかった。絶頂への水位がどんどん上がってきて、体内の狼神をきつく締めつける。

「くうぅんっ、あっ、そん…なっ、ああっ！　我慢、できな……っ！」

次の瞬間、どこかへ放り投げられてしまいそうな感覚に襲われ、那桜は極めた。

「んううう――…っ！」

「ぐっ……！」

狼神の低く濁った呻《うめ》き。内奥の深い場所に彼の迸《ほとばし》りを得て、那桜は立て続けに達してしまう。

「あ、あああぁ」

どくどくと注がれる白濁。ふっと意識が薄《うす》れた瞬間、虎城が後ろから支えてくれた。

「次は俺だ…。いいだろ？」

「ん、んっ……」

狼神のものが引き抜かれ、那桜はそのままベッドに這わされた。虎城も限界だったのか、やや性急な動きで貫かれる。

「んうぁあああっ」

けれど那桜の肉洞は、そんな彼をも情熱的に受け入れた。突き進んでくるものに熱烈に絡みつき、奥へと誘《さそ》おうとする動きを見せる。

虎城は那桜の細い腰を摑むと、奥を小刻《こきざ》みに突き上げた。

「あっあぁあぁあぁあっ」

気持ちがいい。そのことで頭がいっぱいになっていく。長大な男根で内壁を何度も擦られて、那桜の身体も意識も沸騰《ふっとう》していった。

「弦のモノは気持ちがいいか」

那桜の前にいる狼神が、那桜の唇を親指で辿《たど》りながら尋ねる。

「ああ…っ、は…いっ、すごく、気持ちいぃ……っ」

無意識に狼神の指を口に含《ふく》み、しゃぶりながら答えると、彼が眉《まゆ》を顰《ひそ》めるような表情をした。

「少し妬《や》けるな」

「あっ！」

狼神はその指を那桜の胸元へと滑らせ、さっき虎城がしたように乳首を転がしてくる。

「あ、はあ…あ、ア、だめ……っ」

胸の突起を転がされながら、中を突かれると体内で刺激が混ざり合って、ぐちゃぐちゃになってしまうのだ。

「ん…ん、ふあ…ん、い、い…っ、後ろも……、乳首…もっ」

「ずいぶんと素直になったな」

「イイのならもっとしてやろう」

「っ、ああっ、アっ！」

無限に続くかのような愛撫に、那桜はすっかり理性をなくしてしまう。後ろの虎城をきつく締めつけると、彼の脈動《みゃくどう》がはっきりと伝わってくる。

虎城の両手が那桜の腰を掴むと、ずちゅ、ずちゅ、と最後の階段を駆け上がった。

「んあっ、あああぁああ、～～～～っ！」

先ほど狼神が放った肉洞の奥に、虎城のそれも叩きつけられる。

「あ、あ…！　あつ、いっ……」

自分もまた絶頂に達して、那桜は目眩にも似た酩酊感《めいていかん》の中にいた。身体がふわふわと浮いているようで、とても幸せだった。

「那桜、俺につかまれ」

「ん、え……？」

上半身を起こされ、狼神の身体に腕を回させられる。虎城のものが内奥からずるりと引き抜かれると、那桜は前後から彼らに身体を持ち上げられ、今度は狼神のものを挿入された。

「ん、ひぃ……っ！」

彼らは行為を終わりにしようとはしてくれなかった。狼神に何度か突き上げられた後は、今度は背後の虎城にまたこじ開けられる。まるで代わる代わるに犯されるような抽送に抗《あらが》うことができなかった。

「ああっ、こんな…の、いく、また、イく……っ！」

今どちらに貫かれているのか、すぐにわからなくなった。彼らは息を荒げながら力強く那桜の内部に男根をねじ込み続けている。

永遠に続くかのような律動の中、ふいに変化が訪れた。ちょうど狼神が那桜の内部を蹂躙《じゅうりん》していた時、後ろにいる虎城も同時にその中に自分を挿入しようとしたのだ。

「んん、あっ⁉」

これまで感じたことのない凄《すさ》まじい圧迫感《あっぱくかん》に、びくりと肢体を震わせる。

「じっとしていろよ。力抜け」

「なっ…、あっ……、ああっ何を、無理っ……！」

さすがに抗おうと身を捩《よじ》った那桜だったが、屈強《くっきょう》な二人の男に挟まれるように抱き抱えられていては、それは困難だった。そうこうしているうちに、二本目のものが少しずつ中に這入《はい》ってくる。そして那桜の肉体は、苦痛ではなく、大きすぎるほどの快楽を感じていた。

「うああっ、あっ、あ…っ！」

「君なら大丈夫だ、那桜。君は俺達を同時に受け入れて愛することができる」

このために彼らは、那桜の後孔を執拗《しつよう》に蕩かせていたのだとこの時に知った。そんな。無茶だ。できるわけがない。けれど那桜の特殊《とくしゅ》な肉体は、傷つきもせずに二本の男根を呑み込んでいく。

「っ、あっ、あ――――！」

そしてとうとう二人を同時に咥え込んでしまった時、那桜は達していた。あまりの快感にがくがくと全身が震える。

「あ、ひ…あ、あっ！」

こんな無体な目に遭《あ》っているというのに、那桜の全身は多幸感に包まれていた。こんなに徹《てっ》底的《ていてき》に愛される番は、自分以外いないのではないかと思う。

「那桜っ…！　俺のものだ」

「俺だけのものだよ、那桜ちゃん…！」

彼らはそれぞれに那桜を所有する言葉を紡《つむ》ぐ。荒い呼吸と熱い肌、汗、体液。そんなものがすべて那桜を恍惚とさせてゆく。

「あっ、す…き、好き……っ！」

彼らのことが好きだ。離して欲しくない。

「出し、て、なかにっ、一緒にぃっ……」

那桜が懇願《こんがん》すると、彼らは互いに那桜の中で極めようと動く。それはこれまでに感じたこと

がないほどの悦楽《えつらく》を那桜にもたらした。

「あっ、あ、はああっ、――――～～っ！」

「う…ぐっ」

「くそっ……！」

内奥に感じる熱の塊《かたまり》と、飛沫《しぶき》。そして身体がバラバラになりそうな絶頂。息も止まるほどのそれに、那桜の意識がふっと暗くなる。

それは今までで一番優しい闇《やみ》だった。

「い――いいんですか、こんなのもらっても」

「結婚するんだから、いいに決まっているだろう」

「気にいった？」

「はい、ありがとうございます」

激しすぎる夜から数日が経《た》った日、那桜が着替えてリビングに行くと、彼らに座れと言われた。そこで手渡された小さな箱の中に入っていたものは、那桜のしなやかな指によく映えている。

那桜の左手の薬指には、細いリングが嵌《は》められていた。表面には繊細《せんさい》な細工《さいく》と、大粒《おおつぶ》の宝石《ほうせき》が埋め込まれている。那桜はそれを光に透《す》かすようにして眺《なが》めた。

「綺麗《きれい》ですね」

「俺達はこっちな」

虎城と狼神は自分の左手に嵌めたリングを見せてくる。それは那桜のものよりも幾分《いくぶん》シンプルなものだったが。

「こんなにたくさんもらってしまって、俺は何を返したらいいのか……」

「君が俺達の番でいてくれるだけで充分だ」

そんな言葉が那桜の心を満たしてくれる。

「……俺、無駄《むだ》に未来を思い悩んでいました。隆将さん達が俺のことをいらなくなったらどうしようって。でもそれって、結局は俺自身が選ぶことなんですよね」

自身が直面する出来事も、すべて自身の選択《せんたく》の結果だ。那桜がここにいるのは、那桜が彼らといたいと望んだからである。それなら、未来もそう望めばいい。

「やっとわかりました」

那桜がそう言うと、彼らは満足げに頷いた。

「ああ――、そうだ。君の生家のことだが」

狼神がA4サイズの封筒《ふうとう》を取り出し、那桜の前に置いた。そこには弁護士《べんごし》事務所の名が記されている。

「うちの弁護士に調べさせて、白沢家には退去を願った。あの家はもう正式に君の元に帰ったよ」

「え……!?」

「今頃、安いアパートにでも暮らしているんじゃねえの。今度は姉の結婚相手の家族にたかってるらしい。離婚《りこん》されなきゃいいけどな」

那桜が実の両親と暮らした家。もう戻れないと諦《あきら》めかけていた。それを、彼らは取り戻してくれたのか。

「……ありがとう、ございます」

彼らはどれだけのものを那桜に与えてくれるのだろう。胸がいっぱいになりながら礼を言うと、彼らは那桜の両隣に座ってきた。

「これから幸せになろう」

「息つく間もなくなるほど、楽しく過ごさせてやる。今までの分もな」

これまでの日々は、すべて彼らと出会うための準備期間だったのだ。そう思うと、それらの日々すら愛おしいと、那桜は思うのだった。

あとがき

こんにちは、西野花《にしのはな》です。今回は本作品を読んでいただいてありがとうございました！

ラヴァーズ文庫さんでは獣人ぽいのは二度目かな？　現代ものでの獣人は初めて書いたような気がします。可哀想な境遇の子がスパダリに見つけられて幸せになっていくのって王道鉄板の良さがありますよね。

國沢智《くにさわとも》先生にはいつもスタイリッシュで神構図な絵をいただいておりますが、今回もありがとうございました。いつも挿画ができあがるのを楽しみにしております。

担当様も毎度ご面倒をおかけしましてすみません。次回こそは！　と思います。がんばります。

そして私の住む東北の地もいよいよ春めいてまいりました。ここ数年、世間は大変なことばかりですが、なんとか生きていきたいですね。そしてこういったエンタメが少しでも皆さんの心の慰めになれたらいいなと思います。

それでは、また次の本でお会いできましたら。

西野　花

【Twitter ID　hana_nishino】

Lovers Label

二匹の野獣とオメガの花嫁

ラヴァーズ文庫をお買い上げいただき
ありがとうございます。
この作品を読んでのご意見・ご感想を
お聞かせください。
あて先は下記の通りです。

〒102－0075
東京都千代田区三番町8-1
三番町東急ビル6F
(株)竹書房 ラヴァーズ文庫編集部
西野 花先生係
國沢 智先生係

2023年5月5日
初版第1刷発行

●著 者
西野 花 ©HANA NISHINO
●イラスト
國沢 智 ©TOMO KUNISAWA

●発行者 後藤明信
●発行所 株式会社 竹書房
〒102－0075
東京都千代田区三番町8-1 三番町東急ビル6F
代表 email： info@takeshobo.co.jp
編集部 email： lovers-b@takeshobo.co.jp
●ホームページ
http://bl.takeshobo.co.jp/

●印刷所 中央精版印刷株式会社

ラヴァーズ文庫
Lovers Label
ひみつ滴る
隠し巫女はおとこ
超現実主義者と
花の巫女の蜜約
chogenjitsushugishato
hanano mikono mitsuyaku
山中でひっそりと暮らしていた『隠し巫女』の紬《つむぎ》のもとへ、ある日、
ひとりの男がやってくる。
憑きモノを祓いに来た動画クリエイターの友朗は、神秘的なことは
信じていなかったが、レアな『隠し巫女』の紬に興味を持っていた。
隠れ家も、男だということもバレてしまった紬は、友朗とカラダを
つなげて邪気を祓う、甘美な儀式をすることになってしまうが…。
真逆の二人が一夜にして惹かれ合う、秘恋――。
好評発売中!!
著 西野花《にしのはな》
画 奈良千春《ならちはる》